约好了春天开花

孙道荣 ● 著

山东人民出版社·济南

国家一级出版社 全国百佳图书出版单位

图书在版编目（CIP）数据

约好了春天开花 / 孙道荣著. — 济南：山东人民出版社, 2012.8（2023.4 重印）
（青春悦读·当代精美散文读本）
ISBN 978-7-209-06770-6

Ⅰ. ①约… Ⅱ. ①孙… Ⅲ. ①散文集—中国—当代
Ⅳ. ①I267
中国版本图书馆 CIP 数据核字（2012）第 203664 号

责任编辑：王海涛
封面设计：红十月设计室

约好了春天开花

孙道荣 著

山东出版集团
山东人民出版社出版发行
社　址：济南市舜耕路517号　邮编：250003
网　址：http://www.sd－book.com.cn
市场部：(0531)82098027　82098028
新华书店经销
三河市华东印刷有限公司

规　格　32 开（145mm × 210mm）
印　张　9
字　数　100 千字
版　次　2012 年 9 月第 1 版
印　次　2023 年 4 月第 4 次
ISBN 978-7-209-06770-6
定　价　48.00元

如有质量问题，请与印刷厂调换。(010)57572860

目 录
Contents

目　录
Contents

目 录
Contents

目　录
Contents

目 录
Contents

第一辑 早晨从一朵花开始

树冠和栅栏上，飞跃着一大群麻雀，还有几只画眉、燕雀，以及叫不出名字的小鸟，唧唧喳喳地叫着，跳着，闹着，围着一楼的院子，似乎在迫不及待地等待什么……

早晨从一朵花开始

窗外又传来"唧唧喳喳"的鸟雀声。

最近一段时间，每天一大早，我都是在鸟雀声中醒来的。在城市生活已久，除了公园之外，很少能够听到鸟声。是什么吸引这些鸟雀，来到我的窗前？

起床，好奇地来到阳台上。树冠和栅栏上，飞跃着一大群麻雀，还有几只画眉、燕雀，以及我叫不出名字的小鸟，唧唧喳喳地叫着，跳着，闹着，围着一楼的院子，似乎在迫不及待地等待什么。

低头，看见一楼的院子里，一大一小，两个身影，正在弯腰忙碌着。我认得她们，她们是楼下搬来不久的邻居，一家印度人，听说男主人就在附近的一家软件公司做工程师。正在忙碌的是母女。小女孩五六岁的样子，还没有上学，英语很好。

他们是我们这个小区唯一一个外国人家庭，所以，很快就引起了大家的注意。我虽然就住在他们楼上，却还没有和他们打过什么交道。

她们在作画。奇怪的是，并不是在纸上，而是直接在地面上；也不是用笔墨油彩，而是用一种粉末状的东西，均匀地撒在地面上。她们搬来的第二天，我就惊讶地发现，一楼院子的空地上，突然冒出的一朵盛开的海棠花，从楼上俯瞰，一层一层的花瓣，竞相怒放，丰润、立体、鲜艳。以为是一朵真花，细看，竟是彩色的粉末做成的。真的很美，使灰色的地面，立即有了生机。但我实在不明白，她们为什么要在地面上做这样一幅画、一朵花？第二天，海棠花没了，还是在那块空地上，又出现了一朵红色的牡丹，在边上两片绿叶的映衬下，牡丹花显得无比娇艳。第三天，牡丹花又变成了一朵米黄色的玫瑰，含苞待放。第四天，是几朵簇拥在一起的梨花……每天，在那块空地上，都会有一朵或一簇花朵，灿烂地盛开，或红，或黄，或粉，或紫，五颜六色，娇艳欲滴。

我好奇地注视着她们，这是我第一次看见她们在作画。妈妈先用灰色的粉末，勾出边线，女儿端着一个彩色的盒子，跟在后面，往线里面撒着彩色的粉末，一会儿，一片花瓣现出了它优美的形态，一片叶子，伸展出它的经脉。真的太美了。我不由啧啧赞叹。

听到楼上的动静，母女两人都直起腰，抬头。言语不通，我冲她们竖起大拇指。"您好，先生，我们没打扰您吧？"没想到，女孩的妈妈竟然会讲中文，而且说得很好。女人看出了我的惊讶，解释说，她在大学时学的专业就是汉语。我冲她们笑笑，你们的花，真美，谢谢！树枝上的鸟雀，唧唧喳喳地叫着，好象在响应我似的。

她们继续作画。早晨的空气，清新，凉爽，有隐隐的花香和泥土的气息。五片红色的花瓣，盛开，中间是黄色的花蕊。不认识。我问她们，这叫什么花？女人笑着说，木棉花，是她家乡最常见的一种花。

犹豫了一下，我终于忍不住，问出了那个一直困扰我的问题，为什么要在地面上作画、画花？女人直起腰，抬头看看西方，那是她家乡的方向吧。她说，这是她家乡的习俗，也是一种宗教仪式。她的家在印度北部比哈尔邦的一个偏僻、贫瘠的小村庄，每天早晨，只要有女孩子的家庭，一大早女孩子做的第一件事情，就是在自己家的门口，用彩色的粉末作画，可以是一朵花，也可以是一棵树，还可以是一座房子。彩色的粉末画，是灰色村庄中唯一的亮色。

女人指指手中的盘子说，这个盆子里的粉末，就是用稻米和小麦做的，需要什么颜色，加一点植物的颜料就可以了。女人说，在自己的家乡，直到今天，还很贫穷，粮食并不富余。那为什么还要用粮食的粉末来作画呢？女人指指站在树上的鸟雀说，因为我们相信，每一个生命都值得尊重，包括天上的这些飞鸟。用粮食的粉末作画，既美化了自己的家，又可以让路过的鸟儿吃饱肚子。

我们的一天，就是从一朵花开始的。女人腼腆而自豪地说。我到中国已经六七年了，在几个城市生活过，这个习惯，也至今保存着。

原来是这样。我由衷地向她们母女点头致谢。小女孩对着树上飞来飞去的小鸟，叽里咕噜说了些什么，然后，拉着母亲的手，往家里走。她是要把这朵花，这个院子，以及这个早晨，都让给那些迫不及待的鸟儿们吧。

我也轻轻地从阳台退回房间。我看到众鸟扑棱棱飞进院子，我听见了它们欢快的歌唱，在这个无比清澈、无比美丽的早晨。

一个鸡蛋的温暖

朋友曾在一个边远省份支教。

当地很贫穷，吃得很差。有的孩子早上去上学，甚至是饿着肚子的。为了帮助这些山区里的孩子，由政府出资，每天为每个学生提供一个免费的鸡蛋。

早读完之后，开始分发鸡蛋，每人一个。农村里，家家都养鸡，鸡下蛋，可是，那些鸡蛋大人是要拿去换油盐酱醋的，根本舍不得自己吃。没想到，学校会免费给大家分发鸡蛋，这让孩子们兴奋不已。朋友至今清晰地记得，第一天发鸡蛋时，有个小男孩一口将鸡蛋整个吞了下去，噎得直翻白眼，老师们又是拍背，又是抹胸，又是倒开水，好不容易才帮助他将鸡蛋强咽了下去。每次想到这个情景，朋友心里就异常难过，他知道，那些可怜的孩子，因为难得吃到一次鸡蛋，才会那样馋的啊。

可是，发鸡蛋没几天，就出现了意外情况，不少孩子拿到鸡蛋后，并没有自己吃，而是偷偷藏了起来。他们为什么要将鸡蛋藏起来呢？是鸡蛋不好吃？当然不是。情况很快就弄清楚了。那些将鸡蛋偷偷藏起来的孩子，是舍不得自己吃，他们想将鸡蛋带回家，或给自己的奶奶吃，或者与自己年幼的的弟弟妹妹分享。

了解到这一情况后，学校作出了强制规定，发给每个学生的鸡蛋，必须自己吃，而且必须在早读后立即吃掉。为了确保每个学生都将发给他们的鸡蛋吃掉，学校还组成了一个监督小组，负责检查、监督学生们每天吃鸡蛋的过程。朋友是监督组的成员。

朋友告诉我们，真没想到，那些山里的孩子，为了能将鸡蛋省下来，带回家，竟然想出了各种各样的办法，和监督老师"斗智斗勇"。

有个瘦瘦的小男孩，每次拿到鸡蛋后，就表现出迫不及待的样子，噼里啪啦很夸张地用鸡蛋敲击桌面，剥完壳，张着大口，一口将鸡蛋吞了下去。嘴巴还"吧唧吧唧"地嚼得很响，吃得有滋有味的样子。朋友站在教室的窗外，一连观察了好几天，终于发现了这个小男孩的秘密：每次他剥好鸡蛋后，都会悄悄将鸡蛋藏在一个塑料袋里，而将空手往嘴里一塞，装作将鸡蛋塞进嘴里的样子。朋友问他，为什么要将鸡蛋藏起来。男孩说，他的父母都在遥远的城里打工，几年才回来一次，他和奶奶生活在一起，奶奶年纪大了，身体也不好，他想将鸡蛋带回家给奶奶吃，让奶奶补补身体。

有个小女孩，拿到鸡蛋后，总是吃得都很夸张，嘴巴里鼓鼓囊囊全是白色的蛋清和黄色的蛋黄。朋友仔细一观察，发现了问题，每隔一天，女孩子的嘴巴里才会鼓鼓囊囊，第二天，则只是"吧唧吧唧"的空响声。原来她是隔一天吃一个鸡蛋，另一天的鸡蛋则被她私藏起来。有一天，朋友不声不响走到她身边，小女孩意识到自己的秘密被老师识破了，难为情地低下了头。她轻声说，家里穷，没钱买肉，吃的菜基本上都是菜园里的蔬菜，难得有荤菜，她隔一天，省一个鸡蛋带回家，是为了让妈妈将鸡蛋做成菜。

朋友说，每发现一个孩子偷藏鸡蛋，他的心就会既酸楚又温暖，既难过又感动。这些将鸡蛋藏起来的孩子，都是为了省下来，带回家给自己的家人吃。对这些偏僻的山里孩子来说，鸡蛋就是人间美味了，他们不想独吃，而希望与家人共享。但是，每天给每个学生发一个鸡蛋，是希望这些孩子能够健康成长，他们是大山的未来啊，鸡蛋必须是孩子们吃掉的。因此，学校想尽办法，除了监督外，有段时间，甚至要求孩子们吃完鸡蛋后，将蛋壳上交。即使这样，仍然有不少孩子，想方设法将分给自己的鸡蛋省下来，藏起来，带回家。

不过，每次"抓"到藏鸡蛋的孩子，朋友从不当面指出来，他不想让这些孩子，在其他孩子面前难堪。而自知被他发现了的孩子，会当着他的面，将鸡蛋拿出来，恋恋不舍地吃掉。朋友说，如果不是亲眼所见，你绝对想象不出来，那些孩子吃鸡蛋的样子，那么投入，那么享受，那么有滋有味，仿佛他们吃的是天底下最好吃的东西似的。

有一次，朋友对一个经常藏鸡蛋的小男孩说，你正是长身体的时候，其实，你自己将学校发给你的鸡蛋吃下去，会让家人更开心的。小男孩看着他，郑重地点点头，很赞同的样子。朋友讲完了，小男孩忽然对朋友说，可是，老师，我把鸡蛋省下来给奶奶吃，比我自己吃，我也更开心啊。那一刻，朋友的眼睛，猛地湿润了。

朋友感叹说，在城里生活了这么多年，从来没有体会到，一个鸡蛋，给他所带来的如此强烈的触动。也许最好的办法，是让那些孩子和他们的父母远离贫穷，远离饥饿，远离苦难。

但是，无论多贫穷，也无论多艰苦，一个鸡蛋，就可以给我们传递无穷的温暖。

孩子触摸到的城市

转眼又开学了，孩子们蹦蹦跳跳地回到了山坡上的校园。

课堂上，老师给亮亮他们几个布置了一个任务，向同学们描述一下他们眼中的城市，让其他孩子也长长见识。

这个学校里的孩子，都是附近山村的，最远的要翻两个山头。山多地少，大部分孩子的父母，都远赴他乡打工去了，因此，学校里大多数的孩子，都成了留守儿童。不过，这个暑假，亮亮他们几个无疑是幸运的，他们被在同一个城市打工的父母，接到了城里，和父母在一起住了一段时间。亮亮他们也是这个学校里，为数不多的几个去过城里的孩子。

第一个发言的是亮亮，他是班干部。他说，他们几个是坐同一个火车进城的，不过，出了火车站之后，他们就分开了，他们的父母在城里干的是完全不同的活，住的地方也相距很远，虽然同在一个城市打工，老乡之间平时也没时间来往。亮亮的爸爸，在建筑工地打工，专门在楼顶浇模灌浆。爸爸住在工地上的工棚里，12个工友挤在一起，工棚里永远都弥漫着一股浓烈的汗馊味。亮亮去了之后，爸爸将床让给了亮亮，自己拿张席子铺在地上睡。印象最深的是，工棚里太热，根本睡不着，有几个晚上，爸爸就夹张席子，带着亮亮偷偷爬到他们正在盖的高楼上去睡。讲到这里，亮亮眼睛亮亮的，他说，从来没有见过那么高的楼，已经盖到三十多层了，还在往上盖呢。亮亮激动地说，正在盖的楼，门窗都还没有安装，每次站在四周没有遮拦的高高的楼板上，感觉比在山腰上看得更远，四周到处都是黑乎乎的高楼，以及高高的脚手架。有时候半夜捶醒了，迷迷糊糊地看出去，还以为是在老家的山林里呢。

老师问，除了工地，还有别的吗？亮亮摇摇头，白天，爸爸上班去了，他就在工棚里做做作业，或者听看工地的老大爷翻来覆去讲几个老故事。工地在郊区，出门很不方便，本来爸爸答应调休一天，带他去公园玩的，可是，那段时间，要赶工期，所有的工人都不准请假，所以，最终什么地方也没去成。城里到处都是正在盖的高楼，好高好高的楼。亮亮坚定而自豪地说。

紧接着讲述的是芳芳。芳芳的父母在一家农贸市场卖菜。每天天不亮，爸爸和妈妈就蹬着三轮车，到蔬菜批发市场进货去了，等到芳芳早上醒来的时候，农贸市场早已经热闹开了。芳芳的父母租的房子，离农贸市场不远，吃过早饭，芳芳就走到农贸市场去，帮妈妈剥剥毛豆，或者帮妈妈算算账、找找零钱。芳芳不好意思地说，因为老是帮妈妈算账，她现在算起数学来，还跟算账一样，三七二元一、七九六毛三。全班同学都哄堂大笑起来。等大家笑够了，芳芳接着说，离菜场不远，就有一个大商场，听说，里面什么东西都有，要什么有什么，比咱们镇上的大商场，大几十倍呢。我真想去看一眼，哪怕只看一眼，虽然我知道，那里面的东西，我们根本买不起。可是，爸爸妈妈每天都要卖菜，没时间陪我，他们又不放心让我一个人去，怕我迷路了。不过，我妈妈答应我了，今年放寒假的时候，如果我还能进城里去的话，一定带我去那个大商场逛逛。

讲完了，芳芳坐了下来。老师意识到，这样讲下去，大家对城市的印象，会变得更模糊。老师提示后面的同学，要言简意赅，拣自己印象最深的讲。

胖子李站了起来，他的妈妈在城里扫马路。胖子李说，城里的路好宽，汽车好多啊。没事的时候，他就去帮妈妈拣路上的垃圾，扔在路上的塑料袋、烟头、香烟盒、饮料瓶什么的。有一次，他看见从一辆小车上，扔下一个空瓶子，他正要弯腰去拣，突然，不知道从哪又飞快地窜出一辆车来，差点将他撞飞。

小虎说，他的爸爸在一个小区当保安，他们就住在小区的地下车库里。小虎骄傲地说，城里真好，你想都不敢想，城里人在地下挖那么深，还停了那么多汽车。对胖子李说，你知道路上那些汽车，都是从哪里钻出来的吗？不等胖子李回答，小虎自己回答，那些车子，都是从地底下冒出来的，你们绝对想不到吧。

小豪的父母，在城里做早点，他进城住了半个月，每天帮父母端盘子抹桌子，卖不掉的馒头，就是他们的午餐。小豪说，城里人吃东西最讲究了，吃肉包子还要蘸醋……

孩子们都讲完了。老师在心里叹了口气，没有一个孩子提到有趣的少年宫、热闹的儿童乐园、精彩的海洋世界、古朴的博物馆、浩瀚的书店……老师在城里读师范时，去过这些地方，这才是一个城市的精华啊。老师知道，这些孩子，他们虽然进了城，但他们有机会能够触摸到的，只是城市最不起眼的皮毛啊。不过，老师已经看出，即使这点皮毛，也让其他的孩子，艳羡不已。

老师随手打开课本，跳出来一篇课文《盲人摸象》，这本来是今天该讲的一课，老师决定先跳过去，他觉得，有时候是大象故意只让你摸到它的一侧，而我们的城市，本可以敞开它的怀抱，那样的话，即使大山里的孩子，也可以触摸到它更真实更温暖的那部分。

爷爷和孙子

爷爷从学校接到了孙子，一老一少，走在回家的路上。

孙子一路上蹦蹦跳跳，他看见了路上的一枚石子，看看前面无人，便抬起一脚，将它踢飞。紧接着，他又被一块被风吹着跑的白色塑料袋吸引，追着它，踩一脚，塑料袋像一只滑溜溜的泥鳅，从孙子的脚下溜走，在空中翻飞。孙子追得更欢了，远远地跑在了前面。爷爷看见路上有一个小坑，小心翼翼地绕开了，又看见了谁扔下的一个烟盒，他弯腰将它拣起来，扔进了附近的垃圾筒里。然后，爷爷背着手，不紧不慢地跟在孙子的后面。

忽然，飘来烤红薯的香味。孙子吸着鼻子，垂涎欲滴的样子。循着香味，孙子找到了路边的烤红薯摊。爷爷买了一个热乎乎的红薯，孙子接过来，掰下一块给爷爷。爷孙俩，一边走，一边啃着红薯。孙子吃得津津有味，这孩子，正在长身体，胃就像一个漏斗一样，总也填不饱，而且无论吃什么，他都能吃得有滋有味，吃完了，添添舌头，将沾在嘴唇上的最后一片红薯，卷进口中。爷爷一辈子不知道吃过多少红薯，最艰难的时期，他就是靠天天啃红薯挨过来的。如今，他的味蕾正在一点一点地退化，他甚至已经分辨不出食物的滋味。

过马路时，孙子一次次想从斑马线冲过去，都被爷爷拽住了。川流不息的车流，让爷爷担心。他这辈子，遇到过太多的危险，遇到过太多的坎，所幸，很多危险，很多难关，都有惊无险地闯荡过来了。而孙子还什么也没有经历过，他的生活，平坦得就像眼前这条马路一样，只是他还不明白，即使这样一条道路，也会到处充满坎坷和危机。他的漫长人生，才刚刚起步，他也必将遭遇人生的一道又一道坎。

爷爷背着孙子的书包，孙子拉着爷爷的手，爷孙俩走在回家的路上。

抬头看见天上飘过一朵云。孙子想，它像一匹马，又像一堆棉絮。孙子又想，它从哪里飘来，又会飘到哪里去呢？如果自己能骑在云朵上，那就能够想到哪儿，就到哪儿了，多么美妙。孙子的思绪，随着一朵云，飘向远方。爷爷也看见了那朵云，一朵普通的云而已，爷爷想，只要抬头看天，你就能看见一朵云，不是这朵，就是那朵。

走进小区，爷孙俩在小公园的长椅上，坐下，小憩。孙子看着地上的蚂蚁，在跑来跑去，他不知道，它们为什么总是这么奔忙。他看见很多树上的叶子，都掉落了，草地又枯黄了。他不明白，为什么这些光秃秃的树，到了明年春天，又会发芽；那些枯萎了的草地，第二年又会绿油油一片？他也想不明白，为什么自己恰好和爸爸妈妈，还有身边的爷爷，成了一家人呢？这些，他都想不明白，他想，既然想不明白，那就什么也不想好了。因为什么都不知道，孙子是简单的。阳光下，爷爷眯缝着眼，他知道：蚂蚁总是要忙碌一生的；树叶总是要长出来，也总是要落的；草地总是要枯的，春风一吹，又总是要重新绿的；儿子、孙子，包括儿媳妇，那都是自己的家人，家人总是要亲亲热热地生活在一起的。爷爷明了这一切，他什么都知道了，他也是简单的。

然后，爷孙俩一起回家，他们的背影，消失在某幢居民楼里。一扇门打开了，又一扇门打开了，很多人的生活，大都一样。

每朵花本应

芬芳

一帮年轻的父母聚在一起，话题不知不觉扯到孩子身上，有人提议，每人讲一个自己孩子有意思的桥段。提议得到了一致赞同。要说自己孩子的趣事，谁不是几箩筐也盛不完啊。

一位妈妈先讲了自己2岁半宝宝的故事。她说，自己的宝贝女儿非常调皮，带她的外婆根本对付不了。有一天，她正在上班，宝宝又在家里淘气了，她就打电话回去，想吓唬吓唬她，故作严肃地对她说："你要是不乖，等会妈妈回家了，一定要给你点颜色看看。"女儿不吱声了，哈哈，一定是被唬住了。没想到，过了一会，女儿突然嗲嗲地说："妈妈，你别忘了，宝宝喜欢的颜色是粉红色哦。"

多可爱的妞妞啊。众人都笑翻了。

另一位妈妈接着说。她家的宝宝，是个不到三岁的男孩，似乎有问不完的问题。这不，问题又来了：妈妈，为什么地球在转，我们却感觉不到呢？妈妈想了想，告诉他，那是因为我们很小，地球很大，所以感觉不到。儿子说，但是我有个办法可以感觉得到它在转。说完就在原地转起了圈圈。一连转了十几个圈，最后东倒西歪地停了下来，晕晕乎乎地说，妈妈，我现在感觉到地球在转了。

多伶俐的孩子啊。众人笑得也是东倒西歪。

一个爸爸接了茬。那天，带四岁多的儿子骑车出去玩，骑到半路上时，突然下起了雨，仲秋的雨，打在身上，已带有丝丝寒意。慌乱之中，他赶紧拿出雨披穿上，怕儿子淋雨，用雨披将坐在后座上的儿子挡了个严严实实。儿子躲在雨披下面，两只小手将雨披撑起一角，高兴地大叫："包头雨，今天下包头雨！"

多乐观的孩子啊。众人纷纷竖起了大拇指。

一位妈妈笑着讲起了儿子的一桩糗事。2岁多的儿子在拉便便，突然，放了一个响屁，站在一边的奶奶故意逗他，佯装嫌恶状地问："宝宝，你刚才是不是放屁了啊？"儿子抬起头，想了想，很镇定地回答道："不是的。是我的屁股在唱歌呢。"

多幽默的回答啊。众人笑得前仰后合。

前面一位妈妈又补充了一件自己孩子的趣事。孩子刚上幼儿园的时候，午睡时间到了，幼儿园老师让孩子们上床睡觉。

可是，儿子翻来覆去，就是睡不着，老师问他，为什么还不睡觉啊？这小子看着幼儿园老师，一本正经地回答，我是来幼儿园学本领的，不是来睡觉的。

大家七嘴八舌地谈论着、交流着，发生在孩子身上的每一件事，都是那么有趣、那么可爱、那么搞笑、那么温暖，孩子使他们原本平淡的生活，充满了变数，也充满了快乐。

我静静地听着他们的讲述。我的孩子，今年已经读高中了，即将迎来人生中最重要最艰难的考试——高考。一天 24 小时中，除了睡觉和吃饭不得不"浪费"（儿子的原话）掉的八九个小时外，他的全部时间都用在了看书和大量的习题上，他甚至连和我们说句话的时间和精力，都没有了。而我们，因为害怕打扰他，在家里走路都是小心翼翼地踮着脚尖的。看着眼前这些年轻的父母们，我忽然想，我的儿子，在他年幼的时候，也是充满童趣，活泼、调皮、可爱、搞怪，给我们带来无数的欢笑和温暖，从什么时候开始，这种生活突然变了，变得如此沉闷、如此压抑、如此不堪的呢？

忽然明白，每一朵花，都本应是芬芳、灿烂、快乐的，是我们自己先掐灭了孩子的天性，也掐灭了自己的快乐啊。那么，我眼前这些年轻的父母们，在不久之后，他们会不会也和孩子同时一步步地失去快乐的童年、少年和青年呢？

我希望永远能够嗅到花的芳香，不知道这能不能做到？

爸爸，我可不可以不如你

儿子的一位同学，神情颓丧地来找儿子，诉说心中的苦闷。他们也不避讳我，坐在客厅里就扯开了，我也得以了解一二，归结为一点，对他爸爸很不满意。

这让我非常意外。他爸爸我也算是认识的，很成功的一位父亲啊。我们在家长会上见过几面，一看就是事业有成、知书达理、温文尔雅、见多识广。孩子们都知道他有一个好爸爸，无不艳羡他。就连我们这些做家长的，也自愧弗如，常常自觉不自觉地以他为榜样。这样优秀的一个爸爸，孩子怎么还会不满意呢？

儿子的同学忧郁地说，正因为他太优秀了，才让我喘不过气来。

这叫什么逻辑？

　　儿子的同学摆出了一大摊苦经——

　　爸爸是农村出来的，从爷爷辈起，我们家就没一个读过书认得字，爸爸是我们家，也是我们村，出的第一个大学生。20世纪80年代，那可是轰动整个山村的大事件。全家人都以爸爸为豪。说实话，我也挺佩服爸爸的，他那个时代，考大学本来就不容易，何况家里生活又那么差，学习条件又那么差。可是，他不该老是拿这事来压我啊，他经常挂在嘴边的一句话是：你现在的生活比我那时候好很多倍，学习条件比我那时候不知道强多少，因此，不管怎么说，你总不能不如我吧？我从农村走向城市，完成了一次跨越，你可不可以跨出国门，弄个洋博士回来？

　　这给我多大的压力啊。儿子的同学叹着气，无奈地摇着头。不单是这个，他什么东西都喜欢拿我和他比。我的英语不太好，他先给我买了随身听，又买了MP5，还买了一台微型DVD机，以及一大堆英语碟片读物。虽然这些东西给了我一些帮助，我也非常感谢他为我所做的这一切，但我的英语仍然没多大提高。爸爸开始不高兴了，经常板着脸对我说，这么好的条件，你都学不好英语，太不像话了！想想当年，我连本英语词典都买不起，还不照样学会了英语，虽然是哑巴英语。不管怎么说，你至少得比我强吧。

　　叔叔，您说说，凭什么我就一定要比他强？儿子的同学一脸憋屈地看着我。小伙子继续发泄着心中的不悦。有一次，我们几个同学谈到未来面临的就业问题，我爸爸在一边听着听着，忽然当着我的同学面，一本正经地对我说，你爷爷是个地道的农民，我也是农民出身，可是，我凭着自己的努力，不但进了城，念了大学，成了公务员，还当上了副处长。你将来不管怎么样，至少不能混得比我差吧？我的同学听了他的话，一个个面面相觑，我恨不得找个地缝钻进去。没错，他靠自己的努力，做到今天这一步，确实很不容易，可是，这有什么值得骄傲的呢，而且，为什么要我一定要超过他，难道他当上了副处长，我将来就一定要当处长局长才行吗？再说，我对从政一点兴趣也没有，根本不存在可比性啊。

听着儿子同学的诉说，我大致听明白了。儿子在一边附和道，其实我爸爸和你爸爸一样，也喜欢拿他自己和我比。我诧异地看着儿子。儿子撅着嘴巴说，别的不说，我只举一个例子。我的语文一直不太好，尤其头疼的就是作文了，你是不是老是拿你和我比，说什么你的文章都能四处发表，有的文章还上了语文阅读理解考试题，为什么自己的儿子，连个像样的作文都写不出来？

儿子没说假话，我确实对儿子的作文不敢苟同，我也经常会有意无意地在儿子身上寻找，那些比我强的地方。作为父母，我和天下的父母一样，总希望自己的孩子能够超过自己，比自己这一代有理想，比自己这一代有能力，比自己这一代有出息。难道这有什么不妥吗？不然的话，长江后浪推前浪，怎么能够一代比一代强呢？

可是，从儿子和他的同学来看，他们显然对我们的一厢情愿，并不买账。相反，过多的比较，反而让他们厌烦，甚至逆反。

正踌躇着怎么和儿子他们沟通，儿子的同学忽然说，其实，我也有比我爸爸强的地方，前不久刚刚参加全国中学生信息学奥林匹克竞赛上，我获得了二等奖，而我爸爸，至今连怎么上网发邮件都不会。

我拍拍儿子和他的肩膀。我赞成他们的观点，你们可以不比自己的爸爸强，也不一定什么都要超过自己的父母，但你们同时应该知道，你们身上，一定有超过你们父母的地方。

孩子，我认同这样的超越。

搀扶

公交车缓缓地驶动了。车窗外，寒流将路旁树上的最后一枚叶子，摘了下来，路上的行人，紧紧地裹住身体，以抵挡寒风的侵袭。不过，公交车内却温暖如春，空调暖气在车窗上，留下了一层白雾。

乘客不是很多，大多有座位。驾驶员的身后，是一个竖排的双连座，坐着一个三十岁左右的男子，带着一个两三岁的小女孩，小女孩坐在另一个位子上。男子一只手拎着一只破旧的工具包，一只手环绕在女孩身后，女孩乖巧地倚靠在男子的臂腕里。看得出，这是一对父女，男子的身上，粘着斑斑点点的泥灰，一看就是进城打工的农民，小女孩穿的倒是干干净净，两根小辫子梳得整整齐齐。

公交车颠簸地前行。

摇摇晃晃中，男子的身子，慢慢地向右侧倾斜，脑袋像个悬挂在空中的葫芦，摇来晃去。男子打盹睡着了。环绕着小女孩的手臂，也无力地、慢慢地松开，垂下。没有了父亲臂腕的支撑，小女孩的身体，随着公交车的颠簸，前后晃荡。小女孩惊恐地扭头看看爸爸，爸爸却紧闭着眼，睡得正香。小女孩没有喊醒爸爸，只是用一只手，死死地拽着爸爸满是油灰的衣角。

如果急刹车，小女孩太危险了。车上的乘客轻声议论。喊醒那个男人吧，有人建议。有人说，他可能太累了。

忽然，坐在他们对面的一个中年妇女，从座位上站了起来，她径直走到小女孩身边，站住，一只手拉住吊环，一只手轻轻地环搭在小女孩的肩膀上。小女孩抬头看看她。她朝小女孩笑了笑。小女孩也笑了笑。

公交车继续前行。有段路坑坑洼洼，颠得人前后摇摆。男子的身体也左右晃动，但这并没能惊醒他，他的脑袋在摇晃中，搭靠在了一边的扶手上，这个支撑，使他睡得似乎更香。而小女孩因为有了站在她身边的中年妇女的搀扶，稳稳地坐着。倒是中年妇女，不时地随着车子的颠簸，而前后晃动，她的一只手，紧紧地拉住头顶上的吊环。

车载电视里，在播放天气预报，又有一股寒流南下了。

车子进站了，上来了一批乘客。已经没有空座位了，有的乘客站着。

公交车在夜色中穿行。

中年妇女对站在身边的一个姑娘说，我下站就要下车了，你能帮忙扶下这孩子吗？姑娘看看中年妇女，又看看小女孩和她身边睡着的男子。她郑重地点点头。

中年妇女下车了，站在她身边的姑娘，将一只手，轻轻地搭在了小女孩的身上，姑娘的身高不高，所以，手臂正好环绕着小女孩。小女孩似乎明白了站在她身边的大人们，对她的善意，她的头，有意无意地靠在姑娘的身上，一只手拽着爸爸的衣角，另一只手，拽着姑娘的衣角。

暖气在车厢内游动，让人几乎觉察不出，这是一个寒冷的冬天的夜晚。

自动播报器播放下一站到站的站名，男子闻声猛然惊醒，他揉揉眼睛，茫然地看看身边，小女孩安然地坐在自己的座位上，他放心地笑笑。看到爸爸醒了，小女孩也咧开嘴，笑了。姑娘看见男子醒了，将搭在小女孩身后的手，悄悄抽了回来。男子弯腰拎起工具包，对一路上发生的这一切，他浑然不觉。他对小女孩说，我们要下车了，妈妈在家等我们呢。

车到站了。男子站起来，抱着小女孩准备下车。他对站在身边的姑娘说，我们下车了，你坐吧。姑娘笑笑，道谢。

男子抱着小女孩下车了，公交车继续前行。寒风中，车厢内温暖如春。

早点回家

　　放学了，孩子们背着书包，三三两两，结伴走出校园。但他们并不急于回家，校园门口，几家卖零食的小摊，总是飘浮着令人流涎的香气；一边的书店里，一定又进了许多新杂志和书，让人着迷；再旁边，一家小饰店，总是会有各种各样好看的小玩意，吸引女孩子们的眼球；而掩藏在巷子拐角的游戏品店，更是粘住了男孩子们的脚跟……此外，还有一群一群的孩子，聚集在校园门口聊着什么，他们总有说不完的悄悄话。

　　只有他，一放学，就急急忙忙背上书包，回家，一路上好吃的、好玩的、新鲜的、有趣的，都不能使他的脚步停留。他为什么这么匆忙地赶回家呢？

　　如果下雨，或者刮着大风，他回家的脚步会特别快。秋天，一场秋雨一场寒，路上的行人，都努力地缩着脖子，骤然下降的气温，让人一时难以适应。他的脚步越走越快，风夹杂着雨，斜斜地将他的裤脚打湿。他的脸上，显出与年龄不太适应的焦虑来。不是因为雨打湿了他的裤脚，也不是寒风钻进了他的领子，而是头顶上不停地飘落的树叶，使他心生担忧。他的妈妈是一名环卫工人，负责两条城市道路的卫生。每当刮大风，或下大雨的时候，路上的树叶就会扫也扫不净，刚扫了一遍，又落了一层。有一次，他放学路过，正好看见妈妈佝偻着腰，迎着寒风，吃力地清扫着路面上的树叶，妈妈刚扫过去，一阵风，又哗啦啦将树上的叶子，摇落了下来。妈妈拄着扫把，无奈地摇摇头，回头再扫一遍。他感到有一滴雨水，落进了自己的眼里。他帮不上妈妈什么忙，但他知道，自己可以早一点赶回家，为妈妈烧好一壶热水，这样，妈妈一回到家，就可以为她倒一杯热水，暖暖手脚了。

如果是夏天晴朗的日子，他回家的脚步，也一样匆忙。放学的时候，太阳已经偏西了，但暑气一点也没有退去，走快一点，人就气喘吁吁，汗流浃背了。接送孩子的家长，都躲在路边的树阴下。知了不知疲倦地嘶鸣着。因为走得急，汗水爬满了他的小脸，但他顾不上擦把汗，他要急着赶回家，为爸爸烧壶开水，凉着，这样，等爸爸一回到家，就可以咕咚咕咚地喝个够了。他的爸爸是个送水工，越是天热，就越是忙碌，生意好的时候，爸爸一天要送几十桶水，很多水，要送到五楼、六楼，甚至更高的楼层，都是爸爸一层一层扛上去的。爸爸的圆领衬衫是白色的，每天被汗水浸泡着，已经完全失却了原来的颜色，呈现出汗渍积淀而成的米黄色。爸爸是个送水工，肩上永远扛着一桶水，可是，他自己却从来不喝那种纯净水，那水太精贵了，他可喝不起。每天一早离开家时，他会用最大号的水壶，灌满凉开水。如果爸爸回家再烧水，那要等到什么时候水才能凉下来呢？所以，他总是急急地赶回家，烧好水，然后凉着。

如果是风和日丽、天高云淡的日子，虽然一年之中，这样的日子并不多，他同样还是一放学，就急急地往家赶。所不同的是，他的小脸上，没有了风雨天的担忧，也没有了炽热天的焦虑，而是一脸轻松，一路上，他会像其他孩子一样，蹦蹦跳跳，甚至顽皮地将一粒石子踢飞。回家让他无比愉悦，因为，这样的日子里，妈妈一定已经提前扫好了马路，爸爸已经送完了最后一桶水。想到爸爸或者妈妈，有一个已经回家，甚至是爸爸妈妈同时出现在家中，他的心跳得多欢快啊。自从爸爸妈妈带着他从偏远的乡下，来到城里打工，他们很少能够这么早，同时回到家中。还有什么能比一放学回家，就看到爸爸妈妈更开心的呢？妈妈在屋檐下炒菜，青菜兹拉兹拉的响声，如此好听；爸爸哼着家乡的小调，修理那台老是出现雪花点的电视机；他趴在床沿做作业……想到这里，他总是不由自主地加快脚步。

他是我孩子班上的一名借读生。每次去学校接孩子时，我总是看见他，一个人急急地走在回家的路上，如此匆忙，又如此坚定。

保

护

儿子回到家，兴奋地告诉我，他在回家的路上，帮助了两个大姐姐。

好事情啊。细问。儿子详细地向我们讲述了经过——

从少年宫出来，回家的路上，遇见两个大姐姐，先是向我问路，讲的是广东话，我在电视上常听到的，还不时穿插一两句英语。然后，她们对我说，她们是香港来内地玩的大学生，不小心钱包和证件都丢失了……

听到这儿，我的心"咯噔"一下，凭我的经验，这两个所谓的香港来的大学生，一定是骗子。我不动声色，继续听儿子讲——

我看见她们，穿的衣服都很单薄，这几天外面气温下降得很厉害，她们是南方人，不知道我们这儿冬天有多冷。现在，她们的钱包又丢失了，这可怎么办啊？我真替他们担忧。我着急地对她们说，那你们赶紧去找警察吧，警察会帮助你们的。可是，她们对我说，她们找过警察了，说这个事不归警察管。我一听，更急了，那该怎么办呢？她们反过来安慰我，她们会与家人联系的，家里人会将钱寄给她们的。看起来稍大一点的姐姐对我说，就是没钱往家里打电话……

　　狐狸的尾巴露出来了，绕了这么大圈，就是为了骗钱啊。我真想告诉儿子，这是个骗子，别上当。儿子是怎么处理的？我示意儿子，继续讲——

　　我摸摸口袋，今天出门去少年宫的时候，妈妈给了我50元，我只花了3元钱，买了袋薯条，还剩下47元。我掏出钱包，将7元钱零钱递给她们。稍大的姐姐忽然面露难色，对我说，香港电话是国际长途，这点钱不够的。我一想，对啊，这点钱怎么够打电话到香港呢。我的脸腾就红了。我不好意思地掏出钱包，将另外40元，也给了她们。可惜我只有这么多钱，也不知道够不够她们打电话回家？

　　听到这儿，我简直忍不住了，多卑劣的骗局啊！连这么小的孩子都不放过。可是，儿子似乎一点也没有意识到。我真想告诉儿子，这是个骗局！儿子好像看出了我脸上的不对劲，忽然怯怯地对我说，我是不是不应该将妈妈给我的钱，全部送给别人啊？

　　儿子的话，使我冷静。我拍拍儿子的肩膀，鼓励他，帮助别人是对的。得到我的肯定，儿子兴奋地继续讲下去——

收下我的钱后，她们问我，有没有钱坐车回家？我告诉她们，我有公交卡。她们又要了我家的电话，说过一个小时，就打电话到我们家，看我有没有安全到家。

说到这儿，儿子看一眼我们家的电话座机，激动地说，等会她们打电话来，一定要让他自己接，他要问问她们，有没有和家里人联系上？

我摸摸儿子的头。儿子蹦蹦跳跳，回自己的房间做作业去了。

看着儿子兴奋的背影，我纠结不堪：这显然是一个骗局，两个可耻的骗子，将我儿子身上仅有的几十元钱，都骗去了，而最可恶的是，她们不但骗走了他的钱，还骗去了他的信任。到底要不要向儿子揭穿她们拙劣的骗局？如果不揭穿，今后遇到类似的事情，儿子会继续上当。但如果告诉儿子，他是遭遇骗子了，而不是帮助了别人，对儿子的心灵，会不会是一记重创？

正犹疑着，儿子又颠颠地跑过来，迫不及待地问我，刚才是不是电话铃响，是不是两个香港姐姐打来的？

我摇摇头，儿子一脸失望。我安慰儿子，也许她们还在和自己家里人联系。儿子突然戚戚地问我，她们会不会忘了给我打电话啊？我真想告诉儿子，她们是不会打电话来的。可是，面对儿子急切的心情，我怎么忍心打破他的希望？

儿子又回到自己房间，看书去了。

思忖再三，我作出了一个艰难的决定：儿子还小，不应该让他这么早就遭受被欺骗，感受到残酷的现实。也许，让他保留一片爱心，比让他过早地明白人心险恶，更有必要。

我悄悄地拨通了我的一个年轻女同事的电话，她是广东人，我大致告诉了她事情的原委，并请她帮个忙。

我放下电话，"丁铃铃——"我们家的电话，就骤然响了起来。儿子听到电话铃声，快步冲了出来，一把拎起了话筒："是香港的姐姐吗？你们和家里人联系上了吗？……"

放下电话，儿子脸红扑扑地走到我身边，对我说，我好开心。我告诉儿子，你学会帮助别人了，我也很开心！

没作业

儿子放学回到家，放下书包，从床下面找出足球，就要往外走。我喊住了他，问他怎么不做作业？儿子小手一挥，今天没作业。

没作业？我简直不敢相信自己的耳朵。今天是什么日子，为什么会没作业？是这样的，儿子一边趸着球，一边对我说，今天上体会课时，我们年级组进行拔河比赛。竞争很激烈。班主任给我们打气，赢了他请客，每人一支雪糕。领头的同学说，不要雪糕，如果我们赢了，今天老师就不布置家庭作业，作为奖励，怎么样？我们都为这个同学捏一把汗，以为老师会大骂他一通，没想到班主任犹豫了一下，竟然答应了我们的要求，如果我们班夺取第一名，今天就不布置任何家庭作业。同学们都高呼起来。在接下来的拔河比赛中，我们班同学如有神助，越战越勇，就连一直是体育强项的那个班级，也被我们战胜了。我们第一次夺取了第一名。班主任老师不但给我们每人奖励了一支雪糕，还真的什么家庭作业也没布置，让大家轻轻松松、快快乐乐地休息一天。

说完了，儿子一脸灿烂地对我说，解放一天是一天，我去踢足球了。

儿子有个优点，基本上不撒谎。可是，这一次，我还是不太相信他，这也太不可思议了吧，儿子下学期就是毕业班了，这个关键时刻，怎么能够松懈？我对儿子说，我打个电话问问你们老师，看看到底是怎么回事。儿子自信地点点头。我拨通了儿子班主任的电话，答复竟然和儿子描述得一模一样，今天确实没有给学生们布置任何家庭作业。我又问班主任，是全年级都没作业，还是仅仅他们这个班？班主任回答，只有他这个班今天没有布置作业。

放下电话，我对儿子说，我们谈谈。儿子不情愿地坐了下来。

我拍拍儿子的肩膀，对今天儿子和他的同学们的表现，给予了表扬。儿子用满足的眼神看着我。话锋一转，我问儿子，你们年级总共有几个班？

13 个班啊。儿子想都没想，回答我。

我又问儿子，那今天有几个班没有作业？

除了我们班，其他班都和以往一样，布置了很多很多的作业。儿子有点得意地说，现在，估计他们一个个正在猴急猴急地做着作业呢。哈哈，哈哈——儿子笑得很灿烂。

我没笑。我问儿子，另外 12 个班的同学，此刻都在做作业，只有你们放下了课本，不做作业，你们会不会被落下？

儿子慢慢收敛起了脸上的笑容。我对儿子说，你其实不仅仅是和你们班的同学比，你还得和全校的同学比，甚至要和全市的同学、全省的同学竞争，别人都在做作业、预复习，只有你们一个班松懈下来了，你觉得会怎样？

我发现忧郁正一点点地爬上儿子稚气未脱的脸。我进一步启发儿子，即使你们班的同学，此刻也一定会有人在拿起书本，自我预复习的吧？儿子皱着眉，点点头，似有所悟的样子，对，班长、小亮、小萌，还有小丫、小羽她们，这时候一定会在用功。

那你……我看着儿子。

儿子一脚将足球踢给我，不玩了，我利用今天的时间，将复习指导书上的疑难作业做掉。说完，儿子扭头走回自己的房间，关起了房门。

我捧着儿子的足球，已经有二个多月儿子没碰过这个足球了，足球上沾满了灰尘，气也漏了不少，瘪瘪的失去了应有的弹性。我的心里充满了内疚和不安，儿子，不是父母要逼你，其实很多"作业"，并不是老师布置的，也不是父母强加的，而是情势所迫，你别无选择啊。

我们都是生活的触须

　　再次看到他时，他的脸上，多了一些疲惫，也多了一些沉稳和自信。

　　他是我一个外地朋友的孩子。大学毕业后，他考取了社工岗位，开始在社区工作。去社区报到之前，他的父亲正好出差路过，于是我将他们父子一起请到家里做客。第一次见到他，一个有点腼腆内敛的男孩。问他怎么想起来考社工，他说工作难找，自己也想在最基层锻炼锻炼。我和他父亲都很赞赏他。

　　转眼，他在社区工作已经快一年了。虽然我们同在一个城市工作，但是见面的机会却并不多。直到他父亲又一次来看望他，我们才重聚。他身上的变化很大，这让我对他这一年的工作，充满了好奇。

　　他说，刚开始到社区工作时，完全不适应。原本以为社区的工作很简单，没想到，小小的社工岗位，也充满了挑战。上班第二天，就有个大妈来到社区办公室，说她们家院子里有青蛙，一到夜里就"呱呱"地叫个不停，吵得她无法入睡，让他们去帮她将青蛙捉掉。这事也归社区管吗？再说青蛙是益虫，也不好乱捉啊。他还是硬着头皮去了。拿根棍子，在大妈家的院子里捣鼓了半天，终于在院角的草丛里，赶出了一只大大的癞蛤蟆，真不知道，它是怎么跑到这里来的。说到这里，他有点难为情地摇摇头，接着说，其实从小到大，他就很怕癞蛤蟆，当时，真不知道该怎么办。看看大妈，更害怕的样子，躲在他身后，还兴奋地喊着，让我赶紧捉住它。没办法，只能上了。他在大妈家找了两个塑料袋套在手上，去扑捉那只蛤蟆。蛤蟆岂肯束手就擒？在大妈家的院子里四处蹦跳，大妈和他，这一老一少，就在院子里玩起了捉蛤蟆的游戏。精疲力尽的蛤蟆，最后在墙角落网。他将蛤蟆装进塑料袋里，准备拿到公园里放掉。看到他一脸汗水，大妈执意打了一盆热水，并拿了一条新毛巾，让他洗洗脸。他说，那一刻，他的心里暖暖的。

社工的工作很琐碎，大多是居家过日子鸡毛蒜皮的小事。有一次，有个老汉捧着一袋子花花绿绿的碎片，哭丧着脸跑到社区，从老汉断断续续的描述中，他听明白了，这是老汉辛辛苦苦攒下的钱，塞在床肚底下，没想到被可恨的老鼠给咬成了这些碎片。他很同情老汉的遭遇，却不知道社区能为他做什么。原来，老汉是来央求社区开个证明，这些钱是被老鼠咬的，而不是人为破坏的，这样他好到银行去兑换。他左右为难，社区怎么能证明这钱就是被老鼠咬的呢？可是，如果不帮帮老汉，他这些辛苦钱，可能真的打水漂了。证明是无法开的，但他决定帮帮老汉。他陪着老汉一家家银行跑，最后，总算有家银行答应帮老汉将钱的碎片粘贴整理，再进行兑换，为老汉挽回了大部分损失。

像这位老汉一样，经常有人跑到社区来开证明。他笑着为我们讲述了另一个事例。有一次，有个中年妇女拿着一张邮局的包裹单，跑到社区，让他开个证明，证明包裹单上的收件人，就是她。他拿过包裹单一看，上面写着收件人某某萤，再拿过她的户口本，上面她的名字是某某莹。问她是怎么回事？中年妇女解释说，自己前段时间出门旅游，在当地买了些物品，因为携带不方便，她就从当地的邮局邮寄回来，写的收件人就是自己。也不知道怎么搞的，当时一糊涂，竟将自己的名字"某某莹"，写成了"某某萤"。这下坏了，到邮局去，人家说不是同一个人，不给取。听了中年妇女的故事，他差掉失声笑出来，还有这样糊涂的人。还有一次简直让他要笑喷，有个看起来三十岁的男子来到社区对他说，要开个证明。他问男子要开什么证明，男子一本正经地说，处男证明。这让社区怎么证明啊？解释了半天，男子才悻悻而去。

听着他的讲述，我和朋友都听呆了，真没想到，社工的工作，这么琐碎，这么细致，也这么出人意料。琐碎不可怕，经常还得受委屈。他说，有一次，一个居民跑到社区，就大骂他们工作失职，一问，原来是每天中午时分，有几个航班恰好飞过社区上空，他有神经衰弱症，飞机的嗡嗡声吵得他无法午休，他要求社区去航空公司说说，让飞机改道。他反复解释，那位居民不但不听，反而大骂他失职、窝囊、没用。那一次，他第一次委屈得流泪了。

朋友心疼地看着自己的儿子，拍拍他的肩膀。他笑笑，那事情早过去了。我们问他，那还会继续在社区工作吗？他睁大眼睛，当然啊。他说，就像难免受委屈一样，社区工作也有很多温馨的事。有一次，他值夜班，忙到半夜了，正准备下班，忽然接到一个中年男人的电话，说自己快八十岁的老母亲睡不着觉，让他去帮帮忙，哄哄老人。他拖着疲惫的身体去了。老太太见到他，很开心的样子，拉着他的手，聊这聊那。看着像自己奶奶一样大的老太太，他想起来了，这家他走访过，和老太太也聊过天。老太太最喜欢的孙子，被送到国外读书去了，思孙心切，老太太经常失眠，又没有可说话的人。老太太说，他和他的孙子太像了，连说话的神情都很像很像，看到他就像看到自己的孙子一样。他明白老太太的家人为什么要喊他来了。他陪着老太太说了近两个小时的话，直到老太太困了，慢慢地合上了眼睛。回到家后，他却睡不着了，他第一次失眠了，他想到了自己的奶奶，想到了家乡，想了很多很多。此后，每隔一段时间，他就主动到老太太家走访一下，和老太太聊聊天，而每次老太太都会拿出很多好吃的点心，那都是他孙子从国外邮寄回来的，他舍不得吃，要留给他。社区有纪律，不能随便吃拿居民的东西，但每次，他都会吃一点点，看着他吃，老太太很开心，他也很温暖。正是这份温暖，使我坚持社工这份工作，它是社会最细最深的触须。他目光坚定地看着他的父亲，又看看我。

说实话，虽然也一直生活在社区，我却很少和社区联系，对社工的工作，更是很少了解。看着眼前这位年轻人，我忽然明白，生活和人生，就这么琐碎，我们其实都只是小小的触须，我们所触碰并感受到的，就是那个叫生活的东西。

你是老师亲爱的

中考之后，儿子将初中的课本，全部清理了，说是为即将到来的高中生活，预留足够的书架和空间，却保留下了一大摞家庭作业本，并郑重其事地对我们说，这些他将永远珍藏，让我们千万不能当成废旧的本子给扔了。

我随手翻了翻，都是儿子的科学作业本，我明白了，也郑重地点点头。初中三年，儿子对科学课逐渐感起了兴趣，这完全得益于教他们科学课的韩老师。韩老师是儿子的班主任。她对儿子的影响，很多都记录在这一本本的家庭作业本里，她在每一篇作业后，都会留下一段评语，正是这一段段评语，将一个懵懂少年彻底改变。

记得儿子刚上初中，那天放学回家，儿子一脸潮红。才开学没几天，就又在学校犯错，挨训啦？赶紧问儿子。儿子迟疑地将一个簇新的家庭作业本，递给了我。是科学作业本，打开，才刚刚做了一页，和以往一样，字迹潦草，一看就是不用心的样子。作业后面，是一句红笔写的评语："亲爱的，你的作业本，能不能像你人一样，长得一样清秀、干净、帅气呢？"一句"亲爱的"，让我的血往上涌，说实话，这还是我第一次看到老师用这样的称呼，写这样的评语。我看看红字，又看看儿子，儿子低着头，我试图看出儿子对这段评语的评价，而儿子显然还没有从这句评语中缓过神来。儿子接过作业本，就回自己的房间去了。那天，儿子一直在自己的房间里，写作业。晚上，儿子照例让我在作业本上签名，我惊讶地发现，儿子的作业本，第一次写得这么工整，几处写错的地方，都是用橡皮小心翼翼地擦拭干净，才重新写上的。

这个变化，完全出乎我的预料。儿子从小就是个出了名的小马虎，几乎每个老师都批评过他，我甚至为此骂过他、揍过他，都没有什么效果。那天的作业后面，韩老师的评语是这样的："亲爱的，你今天的作业本，就像雨后的田野一样清爽，我喜欢！"

我不知道，从什么时候开始，儿子慢慢喜欢上了科学，但我感觉出来，他对韩老师的好感，与日俱增。有一次，他无意间流露出，每天早晨作业本交上去之后，下午快放学布置新的家庭作业时，才发回来，科学作业本一发到手，他就会迫不及待地打开，想看看韩老师对他昨天的作业，以及今天的表现，打的评语。而因为按照老师的要求，家长每天必须在孩子的家庭作业本上签名，我也有机会看到韩老师写在作业本上的每一条评语。

"亲爱的，你忘记订正了。""亲爱的，你这个解题方法很好，连老师一开始都没想到呢。""亲爱的，今天的班会上，你怎么没有发言呢，男子汉，要大胆地发表自己的观点哦。""亲爱的，这次单元测试，你又进步了，我好开心！"……看了这些评语，我明白儿子的变化了。想象着戴着近一千度近视镜片的韩老师，埋头在一本本作业本上批改，认真地写着评语，我的心里，涌起一股股莫名的感动。

"亲爱的"，这是韩老师的标志性称呼。进入中学后，儿子已经进入青春期，一开始，我还真有点担心，这样亲昵的称呼，会不会让敏感的孩子们，过早地懵懂初开。一次，无意间在儿子的 QQ 空间上，看到了他的一篇日志，他说第一次看到韩老师在作业本上喊他亲爱的，他的脸一下子红到了耳根，这是第一次有人这么喊他，虽然是年龄看起来比自己妈妈还大的人。他写道，慢慢地，他和班里的同学一样，习惯而且喜欢上了韩老师的称呼和评语，曾经很害怕也很讨厌老师的红笔，现在，韩老师的红笔评语，让他感到很温暖，像火一样，儿子最后写道。

儿子，你说的对，像火一样，那是红笔的颜色，它还是心血的颜色。那天，我陪儿子将他初中的科学作业本，一本一本，都翻了一遍。在最后一本上，韩老师用红笔写了很长的一段评语，最后一句是："亲爱的，今后记得来看看老师哦！"评语的后面，是儿子写的两个字——"一定"，接着是一连串的感叹号。

中考结束那天，韩老师冒雨等候在考场外，每一个从考场出来的她的学生，都得到了她一个热烈的拥抱。我站在家长群中，注视着这一切。那天，我也给了儿子一个长长的拥抱，那是儿子长得快和我一样高以来，我第一次拥抱他，很温暖。

早晨看到的是太阳

　　她是个单亲妈妈，在确诊孩子无望后，他狠心地抛下了她们母子，失踪了。她一个人拉扯着孩子。

　　孩子的病，时好时坏。好的时候，偶尔会和她说话，但就那么几个字，反反复复，蹦来蹦去。坏的时候，连着一个多星期，一个字都不说，饿了、渴了，也不知道吃、不知道喝，稍不如意，就乱砸东西，还喜欢打人。这时候，她就会拱起腰，任他打。儿子小，但打起人来，一点也不晓得轻重，更不手软。打累了，他就会一声不吭地坐到一边去，不再做出其他破坏的动作。而她，往往已被打得直不起腰。不过，儿子打完她之后，有时候会突然看她一眼，眼神里除了惯有的迷茫，似乎还隐约有点别的什么。她坚定地认为，那是儿子的醒悟，他是心疼自己的妈妈了。她知道儿子是心疼自己的，他只是控制不住自己。

　　这些年，她背着儿子，到处求医问药。可惜现代医学，对自闭症还束手无策。但她不甘心，她坚信孩子只是暂时"迷"住了，总有一天，他会醒来。她找到了本市的一家自闭症儿童康复中心，尝试着唤醒儿子。为了给儿子治病，她连工作都丢了。

　　她的可怜的积蓄，早就花完了，能借的，也都借了，就连退休的父母，也将工资的一大半，给了她们母子，可是，仍然填不了这个无底洞。很多人劝她，你还年轻，不如趁孩子还小，丢了，或者送到孤儿院，自己再找个好人家嫁了，好好过完自己的下半生。她当然坚决不同意，他是自己的骨肉，她怎么可能丢下他不管呢？虽然儿子已经快 8 岁了，却连一声"妈妈"都从没有喊过她。

　　但是，窘迫的现状也不得不改变，她们已到了山穷水尽的地步，再这样下去，别说给儿子康复，连基本的生活也无法维持。可是，整个白天，她都得在康复中心，协助老师给儿子做康复训练，根本没时间去工作。只有晚上，等儿子睡着了，她才有空。她和母亲商量，让她来帮帮自己。

　　她找到了一份夜班的工作，从晚上 8 点到凌晨 2 点。每天，上班之前将儿子哄睡着，然后，由外婆陪着他睡，她赶紧骑车去单位上班，好在单位离家不是很远，骑车十几分钟就到了。她终于又有了一份工作，这至少使她们母子可以有基本的生活保障。

白天，她领着儿子，在康复中心接受治疗和训练，晚上，她去打工挣钱。日子就这样日复一日地，像水一样流过。

每天半夜回到家，她都累得不堪，她感觉自己就像被掏空了的油灯。可是，只要看到儿子有哪怕一丝丝进步，她的身上，就重新焕发了力量。儿子，是她唯一的希望。

为了让她在短暂的时间里，睡得塌实一点，母亲建议自己陪着外孙睡觉，这样，她半夜下班回来，可以直接到另一个房间去睡。她没答应。一方面她知道，母亲已经老了，对付像儿子这样完全不讲道理的孩子，她根本就力不从心。还有重要的一点，那就是她希望自己能够随时陪伴在儿子身边，她知道自闭症孩子都有一个共同的特点，不喜欢环境改变。她要让儿子每天醒来的时候，第一眼看到的，都是她的面孔。她要让儿子知道，妈妈永远陪伴在他身边，无论何时，无论何地。

因此，每天晚上，在她去上班的时间，由母亲陪着儿子睡。等她下班回来了，再让母亲回自己的房间，她来陪儿子。为了不吵醒儿子，她习惯了在家里颠着脚尖走路。有时候天冷，从外面回来，身上的热气都被寒风刮尽了，她就干脆先在楼下跑几圈，将身上跑热腾了，再回家，她怕自己身上的寒气，冻着了儿子，吸了儿子身上的热量。

这么多年了，儿子每天醒来，第一眼看到的，都是妈妈。

那是个雪后的早晨，星期天，因为昨晚下班回家时，路上受了冻，她感到自己昏昏沉沉。她第一次在儿子醒来的时候，还没有清醒。窗外，太阳已经升起来了，暖暖的阳光，洒在窗台的白雪上，散发出橘黄的暖色。迷迷糊糊中，她听见一个喃喃声："太阳，妈，妈妈……"

她几乎是一蹦而起，兴奋地看着儿子，她捧着儿子的脸，"星儿，你是喊妈妈吗？"

儿子却没有回答她，指着窗台上橘黄色的阳光，"太阳……"

她的眼泪夺眶而出。看着窗台上跳跃的阳光，她仿佛看到了希望。

请别夸赞我的孩子

"等会我的女儿要到办公室来，求你们一件事。"她面带恳求地对我们说，她是我们的同事，前不久刚从另一个部门调过来。

都是同事，求什么啊。大家诚恳地说，有什么需要我们做的，尽管开口。

犹疑了一下，她说，是这样的，我女儿今年 4 岁，刚上幼儿园，不谦虚地说，小丫头长得还蛮好看的。

我们都笑了。这话我们相信，虽然她女儿我们还没见过，但是，她自己长得就非常漂亮，被誉为我们单位的一枝花。她的女儿，肯定像她一样漂亮。有人好奇地问，那么，你的漂亮女儿来了，需要我们做什么呢？夸夸她？

她直摇头，这正是我要求求大家的。她说，孩子来了，拜托大家，看在我的面子上，千万别夸奖她，特别是不要夸赞她长得漂亮啊、好看啊什么的。

有人掩饰不住吃吃地笑。真没见过这样的妈妈，不让别人夸孩子。再说了，现在的孩子，哪个不是长得水灵灵的啊。

正说着话，有人敲门。打开门，一个小女孩走了进来，后面跟着一个老太太。我们都惊呆了，小丫头真是太好看了，大大的眼睛，白里透红的皮肤，像个洋娃娃似的。有人啧啧嘴，似乎话到嘴边，又咽了回去。说实话，如果不是她提前跟我们打了招呼，办公室里一定会响起一片赞叹声。

她感激地看了我们一眼，让女儿喊我们，"这是阿姨。"小姑娘甜甜地喊一声："阿姨好！""这是姐姐。"小姑娘又甜甜地喊一声："姐姐好！"她指指我，"这是大伯伯。"小姑娘仰着脑袋，甜甜地喊："大伯伯好！"我忍不住脱口而出，夸了她一句："你好，宝宝真懂礼貌。"

老太太是她的婆婆，来拿她们家钥匙的。小姑娘第一次上她的新办公室，好奇地将她的办公桌，翻了一遍。然后，高高兴兴地拉着奶奶的手，跟我们告别，回家去了。

送走了女儿，她回到办公室，向我们表示感谢。有人说，你女儿真的太好看了，小嘴巴也特别甜。可是，我们为什么不能夸夸她呢？

她显得有点尴尬，难为情地解释说，每次带孩子出去，不管是认识的不认识的，都会夸赞孩子长得忒好看，真漂亮。有的人还喜欢一边夸赞，一边捏捏孩子的脸。

这很正常啊，小丫头是长的很漂亮嘛，大家夸她，是因为喜欢她，这有什么错吗？大家议论。

她有点腼腆地笑笑，女儿和我小时候长得一样。我们都笑了，女娃像娘嘛。她接着说，小时候，大人带我出门，我也是到处都听到别人的夸赞，长得真水灵，长得真好看，长得真可爱……总之，都是夸赞我长得漂亮。因此，从很小开始，我就知道自己长得比一般人好看，别人的夸赞，让我很受用。可以说，我是在别人的夸赞声中长大的。因为老是听到别人夸赞我的容貌，使我变得特别在意自己的外貌，不瞒大家说，小时候，我比一般的女孩子更喜欢照镜子，越看越觉得自己长得跟个仙女似的。结果把心思都用在这上面了，学也没上好，性格也变得乖僻了。我不希望女儿像我一样，所以，我跟亲朋好友都打过招呼，请他们千万别在孩子面前夸赞她的长相。

原来是这样。我自责地对她说，我刚才还是忍不住夸赞你女儿了。她笑笑，我听到了，你夸她懂礼貌，这样的夸奖，没有问题啊。她说，我只是不希望别人老是夸她的长相，有时候遇到陌生人夸赞她长得好看，我就会赶紧撇开话题，夸赞她懂礼貌，很能干，转移她的注意力。

说实话，她算得上一个漂亮又能干的女同事，不过，在此之前，我们一点也没有觉察到外貌所带给她的困惑。她做的对，夸奖是一种信号，会引导一个人的注意力。有时候，怎样夸赞孩子，就是给孩子怎样的方向。

被老师没收的书

朋友是一所初中的班主任老师。每天和孩子们在一起，她很快乐。也有让她烦心的事情，那就是总有孩子在课堂上不听老师的讲课，而是偷偷地看课外书。通常的做法是没收，等到学期结束时再还给孩子。

这并未能阻止那些喜欢课堂上看课外书的孩子。每年学期结束时，她的办公桌上，总是堆满了各种各样的课外书，有的是她没收来的，有的是其他老师没收后交给她处理的。她是语文老师，她常常鼓励孩子们多看课外书，因为这不仅对孩子的语文学习有极大的帮助，还可以使孩子们拓展视野。让她担心的是，这些课外书的内容太繁杂了，其中一些是孩子不宜读的口袋书，对辨别能力还不强的初中生来说，害远大于益。

说教苍白无力，根本说服不了这些孩子，没收了一本，不久，又会出现另一本。有的孩子为了看课外书，甚至将早餐费节省下来，去学校边的小书摊买书。一次，一名女生来办公室交作业，看到了她办公桌上那堆没收来的书中，一本新的《读者》杂志。交好了作业本，女生还站在一边不肯走。她问女生，还有什么事？女生嗫嚅了半天，终于鼓起勇气，指着那堆书对她说，想借那本《读者》回家看。这名女生是语文课代表，作文写得特别好，家庭经济条件比较困难。还是第一次有学生向她借没收来的书，她犹疑着要不要答应。女生憋红着脸说，《读者》杂志要几元钱一本，她没钱买，以前都是向同学借来看的，这次同学在数学课上偷看时，被老师发现后没收了，她也因此看不到了，所以，才想跟老师借回家看。女生鼓足勇气说，只要看一个晚上就还，也保证不影响做作业。

她答应了女生的要求。看着女生的背影，她忽然有了一个念头。

第二天一早，走进教室的孩子们惊讶地发现，老师的讲台上，堆着一大摞书，竟然都是以前各自被老师没收的书。教室里一下子炸开了锅，唧唧喳喳地议论起来。被没收最多的孩子沮丧地对大家说，完了，老师一定是要集中开批斗会了。被没收过书的孩子，都一脸惶恐。

她走进了教室。拍拍讲台上的书，她说，这些都是同学们在课堂上被老师没收的书。环顾一周，她接着说，我想听听同学们的意见，怎么处理这些书？

教室里安静极了，以前不都是学期结束时，再还给大家的吗？大家都不明白她的葫芦里到底卖的是什么药。沉寂了片刻，有人低声说，干脆一把火烧了。她笑着摇摇头，这里面有不少书，还是很健康，很有益的，烧了太可惜。见同学们没人再发言，她提了个建议：我想将这些被没收的书，在教室的一角，建一个微型的图书区，感兴趣的同学，可以将这些书借回家阅读。寂静的教室，再次炸了锅，真的吗？不管什么书都可以借回家看吗？她点点头，说，不过，这里面有一些书，我认为是不适合你们阅读的，但如果你愿意，只要到我这里登记一下，也可以借回家去看。她清清嗓门，我还要补充一点，这些书我都没有注明是谁的，今后再有人在课堂上不听课，偷看课外书，被老师没收之后，我会在封面上写下你的名字，然后摆在这里。教室里响起热烈的掌声。

就这样，她用这些被没收的书，在教室一角，建起了一个图书室。她惴惴不安地度过了第一天，她担心如果真有孩子向她借那些不宜的书，她该怎么办？所幸一天结束了，放学时书被借出了好几本，但没有一本是那些内容不堪的书刊。

偶尔仍有孩子在课堂上偷看课外书，被老师没收，但数量锐减。让她欣慰的是，好几本在她看来是健康有益的书刊，被反复借阅，孩子们在还书时，还会把破损的地方，粘贴好。

那些曾经被老师没收的书，在教室的一角，构成了班级一景。

教子

回家。在我前面，手拉手走着一对母子，孩子四五岁的样子，虎头虎脑，很可爱。

小区门口的岗亭上，笔直地站着一位保安。小区物业为了改善小区的形象，做到文明服务，要求值勤保安，在业主经过时，必须敬礼。母子从保安身边走过时，保安"啪"地向他们敬了一个标准的军礼。年轻的妈妈牵着儿子的手，忽然停了下来，弯下腰对儿子说，叔叔向你敬礼，你是不是应该表示感谢啊。孩子看看妈妈，又仰头看着保安，也抬起手臂，学着保安的样子，敬了个礼，并用稚嫩的童音对保安说，谢谢叔叔。年轻的保安脸竟然红了，连连摆手，小朋友，这是我们应该做的。妈妈蹲下身，赞许地对孩子说，小朋友就应该这样讲礼貌。得到妈妈的表扬，孩子一脸灿烂。

　　这一幕，让我非常感动。很钦佩这位年轻的妈妈，通过这样一些细小的举动，不失时机地给孩子以做人的教育，让孩子从小就懂得尊重别人，礼貌待人。

　　他们沿着小区的道路，朝前走去，我也继续跟在母子后面往家走。孩子一边走，一边还在兴奋地和妈妈讨论这件事。"刚才那个保安叔叔，好帅啊。"孩子说。年轻的妈妈点点头。孩子忽然仰起脸，激动地对妈妈说，"长大了我也要当保安，妈妈，你说好吗？"妈妈停下了脚步，瞪着孩子，"没出息！长大了，你要像爷爷一样当领导，或者像爸爸一样，自己做老板。只有没出息的人，才会去做保安。"似乎还觉得不够，年轻妈妈又重重地加了一句："儿子，我跟你讲，长大了你要是不好好念书，就只能像刚才那个保安一样，一辈子没出息地替别人站岗，明白吗？"孩子似懂非懂地点点头。

　　听着这对母子的对话，我惊愕不已。年轻的妈妈，又一次拿活生生的例子，教育了一回自己的孩子。可是，这前后两次的教育，多么截然不同啊。

　　这让我想起另一次经历。年前的一天，单位组织一帮人，去慰问扶贫结队户。一位同事将儿子也带上了，他的儿子上小学三年级，淘气得不得了，在家里像个小皇帝一样。同事想找个家里有同龄孩子的困难户，一方面帮他们一把，另一方面也给自己的儿子好好上一课，让他认识到自己的生活，已经多么幸福。慰问了单位结队的困难户后，在村支书的引荐下，我们陪着那位同事，来到了一个困难户家庭。这是一个特别困难的家庭，女主人因重病常年卧床不起，两个孩子，一个读初中，一个上小学，全家的重担，全落在了男主人一个人的肩上，男主人没读过几年书，什么手艺也没有，连像别人那样进城打打工，都不可能，日子过得很艰难。在介绍了情况后，同事拿出了事先准备好的红包，让儿子亲手交给困难户家的男主人。男主人推阻再三，最后，在我们的劝说下，从孩子的手上，接过了那个红包。同事的儿子还掏出了自己的几十元零花钱，送给了困难户家上小学的孩子。两个孩子的手，紧紧地拉在了一起。

回来的路上，我们对同事的做法都大加赞赏，一致认为，这是一堂生动的教育课。同事摸着儿子的头，夸奖他今天的表现非常好。孩子有点害羞地低下了头。没想到，同事又趁热打铁地教育儿子："看到了吧，回去不好好读书，将来你就会和那个叔叔一个下场。"

一车人错愕不已。

也许我的这位同事，与我在小区所遇到的那位母亲一样，急迫地想教育好自己的孩子。可是，这一课的背后，是多么让人悲凉和痛心的现实啊。我不能确定，我们在孩子心灵中，到底埋下的是怎样一颗种子。

孩子，我们需要你

朋友 15 岁的儿子，又一次离家出走。上一次是半年前，因为儿子在外面偷上网吧，被朋友骂了几句，出走了。以为这一次又是因为孩子犯了什么错，挨了打骂，没想到朋友直摇头，这回真的是什么事情也没有，孩子离家之前，也没有任何迹象。我们一帮朋友赶紧分头寻找，最后在孩子的一个同学家，找到了他。问及他这次为什么要离家出走，孩子的回答很平静：反正他们也不需要我，我待在家里，又有什么意思呢？

不是因为缺少爱，也不是因为受到了不应有的责骂，而仅仅是因为感觉到不被需要，便觉得无所适从，与家人格格不入，生活失去了意义，从而选择了极端的行为。这倒是朋友和我们大家都没有想到的。不过，细想一想，孩子的想法，似乎也不是没有道理。我们做家长的，往往更关注孩子的衣食住行，在生活上给予他无微不至的关心和呵护，我们在孩子身上，总是无私地付出，却常常忽视了孩子内心深处的另一种渴求——被需要。在孩子漫漫的成长道路上，无疑需要我们的关爱和扶持，但同时，作为家庭一个最重要的成员，我们确实很少让孩子明白，父母对他的需要。而被需要既是一种认同和肯定，更是自身价值的体现。这一点，对培养孩子的责任意识、家庭观念，至关重要。

我的一位同事，做得就很成功。他的女儿今年读高中了，在大家眼中，她不但是一个聪明上进的女孩，更是一个善良、懂事、体贴人的孩子。这得益于同事从小对她的培养。

同事告诉我们，女儿还很小的时候，夫妻俩带她去超市购物，每次都会采购一大堆东西。以前都是夫妻俩各自大包小包地提着拎着拽着，样子很狼狈。有一次，买的东西实在太多了，夫妻俩分身无术，很吃力地提着，一边的女儿忽然对他们说，能让我也拿一样东西吗？同事诧异地看着娇小的女儿，又惊又喜。想了想，同事将手中最轻的一个袋子，递给了女儿。女儿提着袋子，蹦蹦跳跳地跑在最前面。同事猛然意识到，让孩子量力而行地帮帮自己，虽然减轻的负担可能很轻微，但却让孩子懂得了分担，并从付出中获得快乐，这岂不是一举两得的好事？此后，只要带女儿出去买东西，无论物品多少，他都会拿出其中的一两样，递给女儿，并告诉她，爸爸一个人拿不了，你帮爸爸一把，好吗？女儿总是很乐意。

　　在同事家，同事负责做饭，他的妻子分工洗碗。女儿年纪稍大一点后，他对女儿说，每个月都会有那么几天，妈妈的身体不太舒服，不宜下冷水，你能帮帮妈妈，替她洗洗碗吗？女儿眯着眼睛，瞅着妈妈，她没想到，看起来那么坚强能干的妈妈，也有脆弱的时候，女儿坚定地点点头。同事说，从那以后，妻子来例假的那几天，都是女儿负责洗碗，虽然刚开始，女儿洗过的碗，他不得不再偷偷地重新洗一遍。有时候家里来了客人，用过的餐具特别多，女儿还会主动到厨房里，帮妈妈洗刷收拾。同事自豪地说，我们从没有用奖励或命令的方式，要求女儿做家务，我们只是告诉她，爸爸妈妈有时候也很需要她的帮助。

　　被爸爸妈妈需要，能帮上大人一点忙，这显然让同事的女儿很开心。同事说，以前在家里，女儿需要什么，哪怕是口渴了，想喝点水，不是大声地喊爸爸，就是撒娇地使唤妈妈。像所有的父母一样，对孩子的需求，他们总是有求必应。但与很多父母不一样的是，他们也会经常地找一些小事，让女儿去帮他们做。他在做饭的时候，忽然发现盐没了，就会让女儿帮忙，去小区的便捷店买一包。偶尔他或者妻子生病了，他们会故意让女儿给他们拿拿药，或递一条热毛巾，帮爸爸或妈妈擦擦汗，或倒杯热开水，或讲几句安慰的话语什么的。父母适度的脆弱，使女儿觉得自己在这个家里，对自己的父母亲人来说，非常重要。这种被需要的感觉，像一颗种子一样，在女儿的心中，生根发芽。对父母的请求，女儿从未抵触，相反，她总是竭尽所能地去做，因为她发现，就像她依赖和需要父母一样，父母同样需要她。这让她满足而快乐。

我欣赏这位同事的做法。对孩子，我们习惯了付出，也习惯了说教，却很少尝试用一种平等有效的方式，与孩子进行心与心的交流。孩子对大多数的家长来说，都是心肝宝贝，是一个家庭的全部希望，而与之极其不对等的是，我们的孩子很少意识到这一点，他们可能觉得自己对父母的重要性，却从未体会到，父母对他们的需要，需要他们的帮助，需要他们的照顾，需要他们的理解，需要他们的爱。

我身边的很多人，常挂在嘴边的一句话是，我们现在还能自食其力，不需要孩子为我们做什么。这是多么错误的想法啊。别以为只有老了，躺在病床上了，无能为力了，你才需要孩子。如果你从未需要过孩子，那么，真到你衰老的那一天，孩子可能依然不懂得被需要。所以，无论你的孩子今天多大了，请大声告诉他（她），孩子，我们时刻需要你，需要你健康成长，需要你懂事明理，需要你成为有用之人，也需要你的问候，需要你的帮助，需要你的爱！

左手右手最清楚

班课。老师说，我们来做一个游戏，请大家都闭上眼睛。同学们都好奇地闭上了眼睛。

老师问，闭上眼睛后，我们能做什么？

同学们议论开了。有人说，我们能够说话；有人说，我们还可以倾听；有人说，我们可以静下心来思考。

老师点点头，你们说的都没错，但现在我请你们和身边的同学拉拉手。班级里一下子嘈杂起来，这个问，你的手在哪儿？另一个说，你乱摸什么，那不是我的手，你碰到我的鼻子了，我的手在这儿。乱成一团。大家说，不睁开眼睛，在黑暗中想准确地找到别人的手，太难了。

老师笑笑。那么，我们换个办法，请大家用自己的左手，去握自己的右手。老师的话音刚落地，乒乒乓乓一阵响动，所有的同学都快速而准确地握住了自己的双手。用自己的一只手，去握另一只手，这太容易了，即使是闭着眼睛。

那我们增加点难度，老师说，请大家伸开双臂，张开手掌，然后，用左手去和右手交叉相握，看看你们能不能做到？在一阵稀里哗啦声中，大家的双手在空中划过一道优美的弧线，准确地交叉在了一起。真是太神奇了，谁也没有这样试过，没想到闭着眼睛，也能将自己的左右手准确地交叉在一起。

老师的游戏，让大家着了迷，大家都摒住呼吸，等待着老师的下一个指示。老师顿了顿，对大家说，现在我们再提高点难度，请大家像刚才一样伸开双臂，然后，用自己左手的大拇指尖，去触碰自己右手的大拇指尖，看看你们能不能准确地将两个大拇指尖顶在一起。这个太难了吧？在乱纷纷的议论声中，大家紧闭着双眼，试着用左手的大拇指尖，去顶右手的大拇指尖。两个大拇指尖，像两座山峰，在空中慢慢地聚会，竟然准确地顶在了一起。几乎所有的同学，都做到了这一点。老师又让大家试着用食指去顶食指，中指去顶中指，小拇指去顶小拇指。大家兴奋地一次次尝试，在半空中，在头顶上，在身体的侧面，任何一个位置，左手的指尖，就像长了眼睛一样，都能准确地找到右手的指尖，并在空中完美地交汇。

真是太神奇，太美妙了。

老师让大家都睁开眼睛，还有同学在一次次地比划。老师说，为什么即使闭上眼睛，我们也能准确地将两只手以及指尖，交叉、相握、触碰？道理很简单，我们的双手，是我们身体当中最默契的一对，左手最清楚右手，右手也最清楚左手，他们的完美组合，才使我们能够自如地做我们想做的任何一件事。现在，我想问大家一个问题，除了我们的左右手之外，在我们的生活中，有没有什么人，像我们的左右手一样？

教室炸开了锅。一个同学说，爸爸是左手，妈妈是右手。老师赞许地点点头。另一个同学说，语文老师是左手，数学老师是右手。老师笑着点点头，对，其他的老师，也是我们的左右手。一个男同学指指左边的同座说，他是我最好的朋友，就像是我的左手，又指指前面的一个女同学，她在学习上给了我很多帮助，犹如我的右手。教室里响起热烈的掌声，同学们都转身面对身边的同学，指指这个同学说，你是我的左手，指指那个同学说，你是我的右手。

老师微笑地看着大家，过了一会儿，老师走下讲台，对大家说，我有一个建议，请大家都站起来，伸出各自的双手，去拉住你们身边的同学的手。说完，老师先伸出双手，一手拉住了一个同学，两个同学也激动地将各自的另一只手，伸向了身边的同学，很快，每位同学的手，都紧紧地拉在了一起。大家互相拉着手，欢呼着。

老师瞥了一眼最后一排最左边的座位，两个男孩的手，也拉在了一起。今天上午，他们刚刚为一件小事，打了一架。

老师笑着将手举向空中，所有的手，都跟着举向空中。教室里，是手的海洋。

第二辑

纸上的旋转

别以为亲人为我们的付出都是天经地义的，发现亲人为我们做的每一点，并大声地告诉他们吧，那会让我们和亲人之间，更加无间，更加亲密，更加温暖。

纸上的旋转

法庭。静悄悄。一场调解，在无声中进行。

这是一起离婚案，当事双方都是聋哑人。法官不懂手语，一时又找不着哑语老师，情急之下，法官想到了纸谈，幸好两个当事人都识字。

法官拿出纸笔。女的迫不及待在纸上写下几个大字：我要离婚！！！一连三个惊叹号，以示决心。男的一看，摇摇头，也在边上坚决地写了三个字：我同意。

两个人都要离婚，事情似乎不难解决。

法官写：结婚几年了？

男的写：8 年。女的拿起笔，在 8 字上打了个叉：10 年。

法官疑惑地看着他们。女的又写：你瞧瞧，他就是这个死脑筋，我们领结婚证明明 10 年了，但办仪式才 8 年，所以，他就认定我们结婚才 8 年，这叫什么逻辑？

　　法官笑了，这也不算是什么大问题。继续写：有孩子吗？

　　女的写：有个儿子，7岁了，刚上小学一年级。想了想，又加了一句：法官，我儿子很可爱的。

　　法官笑笑：那儿子准备跟谁？

　　女的毫不犹豫写：我。

　　男的夺过笔，重重地写：儿子跟我！！！这次，男的加了三个感叹号。

　　女的一看，急了，先是对着男的比划了一番，然而从男的手中抢过笔，急急地写：儿子一定要跟我，他从小就跟我，他离不开我！

　　法官心中有数了，看来儿子是焦点。法官重新拿起一张白纸，写：我能问一下吗，你们的儿子长得像谁？

　　女的看看男约，男的瞅瞅女的，似乎都有点茫然，离婚跟儿子长得像谁，有关系吗？

　　男的写：像她。

　　女的写：不对，像他。

　　法官看看他，又看看她，到底像谁啊？

　　男的写：儿子眼睛长得像她。

　　女的写：儿子鼻子跟他的一模一样。

　　男的写：儿子脾气像她，也是个急性子。

　　女的写：还好意思说，你比我和儿子的性子更急。

　　法官拿起笔：那么，儿子跟谁你们俩谁亲？

　　女的写：当然是我了，他的吃啊，穿啊，都是我照顾的。

　　男的写：其实，儿子跟我更亲，儿子特崇拜我。写完，男的脸不觉微微红了。

女的写：哼，我都不知道儿子怎么会喜欢你，你不就是每天早上带他爬爬山吗？小时候还到处扛着他跑，我呢，他吃的穿的玩的用的，哪一样不是我给他准备的？把他带这么大，容易吗？女的眼圈忽然有点红，放下笔，转过身，偷偷抹了抹眼角。

法庭安安静静。

女的写：他很少跟我交流。想了想，又加了一句：哪怕是跟我吵吵架。

法官看看女的，不知道他们怎么吵架。

男的写：在外忙一天，累得要命，手都懒得抬，交流什么啊。

法官写：那也不能淡漠了妻子啊。

男的，女的，法官，三个人在纸上，你写一句：我写一句。

笔在三个人的手中，传递。

最后，法官写一句话给男的：如果儿子跟你，他就不能跟妈妈在一起了。

又写了一句话给女的：如果儿子跟你，他就不能跟爸爸在一起了。

两个人互相看看，忽然同时摇摇头。

女的写：那我们不离了？

男的笑笑，拿起笔，在后面加了个大大的惊叹号。

法官目送两人，手拉着手，向法庭外走去。法官收起纸笔，对他们的背影说："走好啊！"这是法庭里唯一的一句话。

被需要的父母

　　远在德国的女儿，忽然接到到了父母的一封电子邮件，信中交代她，如果这几天打电话回家，家里没人接电话，就表示可能出大事了，快请人来家里看看吧。家里门的钥匙就放在门底下。

　　邮件是前一天发出的。女儿看到这封信时，时间已过去了整整一天。父母的信很怪异。女儿立即拿起电话，拨打国际长途回家。电话"嘟嘟"地响了半天，没人接。女儿的心揪了起来，赶紧又拨打了父母一个老同事的电话。老同事匆忙赶到家中，敲门，无人应答。弯腰在门底下一摸，还真摸到了一把钥匙。门打开了。家里寂静无声。紧接着的一幕，让这位老同事惊恐万分：只见老夫妻两口子，分别悬挂在两个卧室的门框上，早已气绝身亡。

人们怎么也不相信，这对老夫妻，就这么走了。老夫妻都是高级知识分子，唯一的女儿远嫁国外。他们的生活令人羡慕。就在昨天，有人还听见他家里传出的钢琴声，反反复复弹的是一个曲子，老电影《城南旧事》里的主题曲《送别》。那封给女儿的怪异的电子邮件，也是昨天发出的。这样看来，这对老夫妻，是平静地做好了离开的准备。可是，又是什么原因让他们如此决绝地离开这个世界？

熟悉他们的老同事说，这对老夫妻，同在一家设计院工作，都是高级工程师，老爷子还会五种外语，在单位颇受敬重。退休后，单位不再需要他了。像很多刚离退回家的老员工一样，老两口为此失落了很久。

熟悉他们的老邻居说，他们唯一的女儿嫁到了德国。退休后，他们也跟着女儿到德国生活了一段时间，女儿生了一儿一女，老两口平时也没什么事，就帮他们带带孩子，虽然周边没有一个人认识，但两个孩子特别依赖他们，这让他们的生活很充实。可是，小外孙渐渐大了，而且在孩子的教育上，老两口与小两口意见总是难以一致。有一次，老爷子想进外孙的房间看看，都被女婿拒绝了。老两口忽然意识到，小外孙已经大了，不再需要自己了。老两口黯然回国。

曾经热爱的单位，不需要自己了；曾经粘着自己的小外孙，也不需要自己了。老两口异常失落。但谁也没想到，他们会以这样的方式，与大家作最后的告别。老两口给女儿、单位、亲朋，分别留下了遗书，除了抬头不同外，内容基本一致，大意是他们觉得活着已没有意义，因此他们选择了离开。

这是一个真实的故事，就发生在我生活的杭州。从媒体上看到这条新闻时，很多人的心，被揪痛，人们无不扼腕叹息。有人发出感叹，有时候，被需要也是活着的一种动力啊。

我赞同这个观点。

我有个朋友，他们兄妹三人的孩子，都是老母亲一手带大的。那时候，哪个小家庭忙不过来了，都会搬母亲这个救兵，退休在家的老母亲，几乎一天没闲着：带大了大女儿家的孩子，又赶到小女儿家照顾小女儿的月子；刚刚将大外孙拉扯大，又要每天接送孙子上学放学……那些日子里，老母亲就像个陀螺一样，在三个小家庭之间奔波忙碌。后来，小孩子都慢慢长大了，三个小家庭的生活也步入了正轨，老母亲再也不需要为三个小家庭操劳了。清闲下来的老太太，却骤然老了许多。兄妹几个约定，今后，大家轮流接老母亲到家里住，但不准再让老母亲做家务话，让老人家好好享享福。没想到，对于孩子们的孝心，老太太一点不领情，哪家也不去，坚持自己一个人过日子，很倔强。朋友几番试探才弄清楚，原来老太太认为自己老了，没用了，不愿意给子女们添麻烦。三兄妹一商量，还得用老办法，搬"救兵"：儿子打电话回家说，我要出差了，家里没人照应，您得来帮我几天。老太太二话没说，去了。大外孙打电话给老太太，撒娇说，妈妈做的菜一点不好吃，好想吃您烧的红烧狮子头。老太太放下电话，就直奔大女儿家去了。小女儿打电话到姐姐家，找到老太太诉苦，孩子快中考了，自己马上又要参加职称考试，忙得喘不过气。老太太跟大女儿一商量，还是先去小女儿家救急……

老太太又像以前一样，穿梭在三个子女家，活力似乎又回到了老太太的身上。其实，那些"理由"都是兄妹几个人"编"出来的，事实上，他们并不需要老太太再为他们做什么了，但他们要让老太太感到，他们还像以前一样依赖她，需要她，离不开她。而这，也正是老太太所需要的。

被依赖，被需要，那是天下的老父亲老母亲，最大的支柱和安慰啊。

顽固的爱

天气暖和了，将远在家乡的岳父母接过来和我们小住。

白天，我们都不在家，留下岳父母两个人，孤独地守在家里。只有到了晚上，我们才能下班、放学回家，一大家人其乐融融地围坐在一起，吃个晚饭，陪两老说说话。

对岳父母来说，快乐的一天，也许从这一刻才刚刚开始。

每天我们回到家，热腾腾的饭菜，已经在桌上摆好了，岳父母好像算准了我们什么时候到家似的。后来才弄明白，原来每天黄昏的时候，岳母就站在阳台上了望，一旦看到我们的身影，就让岳父赶紧将菜热热，等我们爬上楼，走进家门，热乎乎的饭菜刚好摆上桌，勤快的岳父，甚至将我们每个人的饭都盛好了。

洗手，吃饭。

岳母端起饭碗，看看，然后，毫不犹豫地将碗凑到岳父的碗前，扒拉下一小半。岳父无奈地摇着头。岳母前几年查出有糖尿病，不能多吃，尤其是米饭，吃多了，血糖就会升高。

每次吃饭的时候，都是这样，这似乎成了一道程序。岳母总会嫌岳父给她盛的饭多了，非得将多出来的饭，扒拉到岳父的碗里不可。而每次岳母往岳父碗里扒拉米饭的时候，岳父都是一脸无奈，不停地阻止：差不多了，差不多了。

每次都一样。有一天，我终于忍不住了，对岳父说，妈有糖尿病，不能多吃饭，您下次就给她少盛一点嘛，免得她每次都要扒拉给你。

岳父叹口气，我给她盛的饭并不多啊。盛得再少，她都会扒拉给我一点。所以，我干脆每次都给她多盛一点点。你妈啊，这是又犯老毛病了。

老毛病？什么意思？

岳父抬起头，慢慢地回忆说，我们年轻的时候，孩子多，粮食不够吃。孩子们正长身体，胃口很大，必须得让他们都吃饱。那时候，我的饭量也特别大，你妈怕我吃不饱，所以每次吃饭的时候，都会往我碗里扒拉一点米饭。我知道，其实你妈自己也吃不饱啊。我当然不同意，可是，你妈脾气很倔强的，要做的事情，就一定要做到。久而久之，就养成这个习惯了，每次吃饭的时候，无论碗里饭多饭少，她都要扒拉给我一点。后来，生活条件慢慢好了，再也不愁吃不饱肚子了，你妈这习惯，才逐渐改掉了。没想到，现在老了，她的老毛病，又犯了。

我和妻子结婚这么多年，还是第一次听说这个故事。我羡慕地对岳父说，妈对你真好！

岳母插话了，别听你们爸爸瞎说，情况是这样的。岳母说起了她的版本：年轻的时候，我的身材很好，非常苗条，可你们爸爸却嫌我太瘦，弱不禁风的样子，所以，每次吃饭的时候，都会给我盛得满满的，想我吃胖，我才不上他的当呢，你们爸爸给我盛的饭，我都会坚决地给他扒拉回去一点。现在，我都得糖尿病了，还让我吃这么多，我当然又要给他扒拉回去……

老俩口你一言，我一语，各不相让，"吵"得不可开交。不过，我们听出来了，这个顽固的习惯，那是源于对彼此顽固的爱啊。

我所了解的，饭桌上他们还有很多顽固的习惯——

每次吃饭的时候，他们都会顽固地将最好吃、最新鲜的菜，放在我们的面前；

他们顽固地喜欢吃鱼头、鸡头、鸭屁股；

剩饭剩菜他们从来都舍不得倒掉，也绝不会让我们吃，而是第二天中午，他们老俩口消灭掉……

每一个顽固的习惯，也都是缘于他们对我们顽固的爱。

水写的字

清晨。山脚下的小广场，在健身者的脚步声中，热闹起来。

多是中老年人。有的打太极，有的跳扇子舞，有的倒着走，有的遛狗，有的吊嗓子，有的练唱越剧……各种声音、各种节拍，混杂在一起。奇怪的是，各自并不影响，每个人似乎都能从杂乱的声音中，找到自己的节奏，然后，将自己的身体舒展、打开。

我们跑完一圈，回到广场上，妻子喜欢扎堆到唱越剧的人群中，跟着哼几声，而我则去找那个用水写字的人。

除非下雨，每天早晨，你都能在广场的东北隅，看到他。一个瘦小的老头，一只手端着一瓶水，一只手拿着一只自制的大笔，低头，弯腰，在地上写着字。对驻足在他身后观看的人，浑然不觉。

写一个字，退一步，蘸水，继续写。灰色的地面上，水呈现深褐色，像墨汁一样。已经写好的一块，是草书，如盘龙，如飞鸟，如走兽，如果不是亲眼所见，你不敢相信，如此遒劲的大字，会出自这样一个瘦弱的老者手上。

写好一组字，老人停下来，端详一番。我乘机向老人讨教一下，有几个认不出的字。老人耐心地告诉我，并用手中的大笔，比划给我看。我注意到，老人的笔头，不是毛，而是一块海绵，笔杆则是普通的竹杆。休息一会后，老人继续写字。我默默地站在老人一侧，揣摩他的用笔，力道。

清晨的阳光，从楼群的缝隙里，穿过来。地面上的水字，恍然有金色。唱越剧的那边，不时传来喝彩声。老人手中的笔，节奏忽然加快："多承梁兄情意深，登山涉水送我行，常言道送君千里终须别，请梁兄就此留步转回程。"怎么这么熟悉？想起来了，是越剧《梁祝》里面的一段唱词，正奇怪老头怎么写着写着，写到戏词里去了，耳边忽然传来一段熟悉的旋律："常言道送君千里……"是那边唱越剧的，恰好也唱到了这一段。

老人写好这段字，收笔，用瓶中剩余的水，将笔尖洗干净。转身向唱越剧的人群中走去。我也跟在老人身后，去找妻子。

老人走到一位老太太的身边，俯下身，从布袋里拿出一杯水，拧开，自己先抿了一口，然后，递到老太太手上。老太太喝了几口。老人问，唱好了没？老太太点点头，问，你今天写了多少字？老人笑笑，跟以往一样，136个字。那我们回家吧。老太太摸索着站了起来。老人一手拎着布袋子和笔，一手拉着老太太的手，慢慢地向小区走去。

目送着两位老人。多好的一对老夫妻啊，我发出感叹。正在收拾音箱的老师傅看看我，摇摇头，他们不是夫妻。我诧异地看着他。他一边绕着电线，一边对我说，其实，他们这辈子挺遭罪的。年轻时他们是相好，他喜欢写字，她喜欢唱戏，但是两家都坚决反对，后来，他们就各自成家了。前些年，她的老伴过世了，他也早就离异了，两个人本想走到一起，没想到，又遭到了各自子女的强烈抵制。没办法，他们只能早上一起出来活动活动筋骨，他写写水字，她唱唱老戏，然后，回到各自的家，过各自的日子。

我无语。拉起妻子的手，我们回家。经过小广场的东北角，老人刚刚写下的字迹，已经被蒸发得差不多了。灰色的地面上，几乎看不出字的痕迹。可是，你仔细嗅嗅，早晨的空气里，有水的气息，以及那些水字里的故事里，流转的气息。

爱的感应

在医院的门诊部，他们再次相遇。

上次也是在这里遇见的，当时，他们都在焦急地等待CT结果。一聊，都是陪父亲来看病的。两位老人的症状相似：健忘，丢三拉四，话越来越少。医生初步诊断两位老人都是患了阿尔茨海默病，也就是老年痴呆症。他一脸茫然，父亲精明了一辈子，干了那么多大事，怎么也会得这种病？她眼泪汪汪，老爷子辛苦了一辈子，现在孩子都大了，家里的日子刚刚好过一些，他怎么就得了这种病？

他们互留了电话。但各自忙，并没有联系过。

是她先看见他的父亲的，老人像个娃娃一样，倔强地不肯走进医生的办公室，嚷着自己没病，要回家。她一眼认出了老人，这不是上次儿子陪来看病的那位老人吗？再往边上一看，果然是他，满脸无奈的样子，边上还站着个中年妇女，也不知道是他什么人。她走过去，拉住老人的手，轻声安慰说，不是看病，到这里来都是做体检的。指指坐在椅子上的老人，那是我爸爸，我也是陪他来体检的。老人看看坐在椅子上的另一个老人，犹豫了一下，走了过去。他让中年妇女过去陪着两位老人。

看着两位老人坐在一起，聊着什么，他和她，在拐角找了个位子，坐下。这个位置，正好可以看见两位老人。

她轻声问他，你父亲恢复得怎么样？

越来越严重了。他连连摇头，诉起了自己的苦衷——

那次来检查，还只是丢三拉四，现在只要从家里走出去，就找不到回家的路。不让他出去吧，他还和你急。害怕他出门走丢了，我想了很多办法。我平时很忙，哪里有时间管他，于是我给他请了个专职保姆，就是她。他指了指陪在老人身边的中年妇女。保姆专门照顾他，他走到哪，保姆就跟到哪。谁知道，有时候保姆上个厕所，他就悄悄地打开门，一个人溜出去了。害得我们找了好多次，还报了警。

我又想个办法，给他买了个新手机，在手机里安装了卫星定位装置，这样，他走到哪里，我们只要搜寻一下，就可以随时确定他的位置，找到他。可是，自从我们给他买了新手机后，他经常不带手机就出门，也不知道是忘了，还是他故意不带的。

后来，我有个朋友给我提了个建议，很管用。他家的宠物狗也老是乱跑，他就在狗圈上装了一个感应器，狗狗走丢了，只要跑出一定范围，感应器就会"滴滴"地叫起来，循着声音一下子就能找着了。我让保姆在父亲的衣服口袋里，偷偷缝了一个感应器。说着，他掏出一个钥匙状的东西，亮给她看，就是这个，父亲只要跑出我的视野，它就会"滴滴"叫。

自从装了这个感应器，父亲每次走丢了，我们都能及时将他找回来。他得意地拍拍手中的感应器按扭，忽然想起了什么似的，他问她，你父亲的情况，好像比以前好一些了，你们用什么方法管住他？

她抬头看看坐在一起的两位老人，在聊什么，很投机的样子。她说，我们也没刻意做什么，就是多抽点时间，陪陪他。老爷子在家里坐不住，每天黄昏，我们下班回来后，就让他一个人出去走走，人老了，倔强得很，他也不喜欢别人陪着他。让他一个人出门，我们当然不放心，所以，等他走出门了，我老公就拎着个酱油瓶，悄悄地跟在他身后。他要是认得路，我老公就一直陪在暗里，如果他犯迷糊了，我老公就会走过去，佯称下来买酱油，恰好遇见他的样子，然后和他一起回家。

他不解地看着她，暗地里陪着就好了，为什么你丈夫每次要拎着个酱油瓶？她笑笑，这样老爷子才会相信，真的是偶尔碰到的。我们这样做，就是不想让老爷子觉得他是个病人。

正说着话，她猛然站了起来，老爷子呢？他手里的感应器摁扭，忽然也"滴滴"地叫了起来，两个人赶紧奔向两位老人刚刚坐着的地方，只见两位老人相互搀扶着，向走廊尽头走去。跟在后面的保姆说，他们要去找个地方抽根烟。

他和她，长舒一口气，笑了。

妈妈身上最难看的地方

回家找一找，妈妈身上最难看的地方。这是老师给一年级新生布置的第一次家庭作业。

孩子们唧唧喳喳地嚷开了，以前，幼儿园老师都是让大家寻找妈妈身上最漂亮、最可爱、最伟大的地方，现在却让寻找妈妈身上最难看的地方，这也太搞怪了。老师微笑而坚定地地看着大家，没错，这就是大家的第一次家庭作业。

第二天的班会上，老师让大家一一谈谈，自己妈妈身上最难看的地方是哪里。

同学们你看着我，我看着你，谁都不愿意第一个开口。

老师环视大家一眼说，那我先来谈谈。昨天我也特地回去看望了我的妈妈，结婚后，因为孩子小，工作忙，我很少回家看望妈妈，最近已经有两个多月没有看见妈妈了。昨晚我回到了妈妈的家，老人家看见我很开心。可是，两个多月没见，妈妈似乎又老了很多，她的腰本来就不太好，这些天湿气又大，她的腰病就又犯了，她佝偻着腰，在厨房里忙着，让人看了心痛。妈妈年轻的时候，腰杆挺直，身材修长，腰曾经是妈妈身上最好看的部分，现在，却成了妈妈身上最难看的地方。

老师的话，像石子投入水中，孩子们唧唧喳喳地谈开了。

有个男孩子说，昨晚吃过晚饭，妈妈和以往一样，在厨房里刷碗，我就站在一边，死劲地盯着妈妈看，想找到她身上最难看的地方。妈妈看见我盯着她，奇怪地问我有什么事。我没告诉她。我妈妈才三十几岁，很好看呢。一直到妈妈刷好碗，我也没找着她身上难看的地方。妈妈拉我走出厨房的时候，我摸到了妈妈的手，刚刚刷过碗的妈妈的手，又粗糙，又油腻。手是我妈妈身上最难看的地方。

另一个男孩子接过话茬，我妈妈最难看的，是她的罗圈腿。听到罗圈腿，全班的孩子都哄地笑了。老师示意大家不要取笑别人。男孩子红着脸说，我的妈妈在纺织厂上班，工作的时候，都是站着的，而且要跑来跑去，接线头，有时候，一站就是连着好几个小时，所以，她的腿慢慢就成了罗圈腿。说完了，男孩子又补充了一句，虽然我妈妈的罗圈腿走起路来很难看，但我还是最爱我的妈妈。

一个女孩子站起来说，我的妈妈最难看的，是她脸上的一道疤。女孩子用手在自己的下巴上点了一下，就是这个位置。

那道疤痕很明显，一眼就能看到。就为了妈妈脸上有这道疤，小时候我都不愿意和她一起出门，那道疤使她看起来很凶。记得有一次，我和妈妈吵起来了，原因就是我认为妈妈脸上那道疤让我难堪了。那次，爸爸第一次揍了我，他生气地告诉我，那是因为我小时候有一次淘气，妈妈在保护我的时候，自己的脸被扎破了，从此才留下了那道疤。女孩说着说着，声音哽咽起来。

坐在女孩旁边的另外两个女孩子，同时站了起来，她们是一对双胞胎。个子略微显得矮一些的女孩子怯怯地说，我们妈妈身上最难看的地方，是她的肚皮。肚皮？有个调皮的男孩子故意重复了一句。个子高一些的女孩大声说，是的，妈妈的肚皮。前几天，我们和妈妈一起洗澡，发现妈妈的肚皮，皱得跟揉成一团的纸一样，那是我们见过的最难看的肚皮了。我们好奇地问妈妈，她的肚皮怎么这么难看？妈妈摸摸肚皮对我们说，因为是我们撑的。妈妈跟我们解释之后，我们才明白，那叫妊娠纹，每一个妈妈的肚皮上都有的，因为我们是双胞胎，所以，妈妈怀孕的时候，肚子就特别大，后来，留下来的妊娠纹也就特别重，特别难看。

全班鸦雀无声。

双胞胎姐妹同时说，我们觉得，妈妈身上的妊娠纹，是妈妈身上最难看的地方，也是最美丽、最可爱、最神圣的地方。

全班同学报以热烈的掌声。

　　班会快要结束了，老师总结说，其实，妈妈身上很多难看的地方，往往是因为照顾我们、呵护我们、养育我们，而留下来的。正如有的同学说的那样，妈妈身上最难看的地方，也可能是最美丽的地方。请记住妈妈的美丽，让我们每天回到家，不忘对妈妈说一声，我爱你！

不敢老

去小区的便民理发店理发。师傅正给我剪着,门被推开了,一个略显苍老的声音问,现在染发多少钱?我抬头,从面前的镜子里看到,一个邋里邋遢的老头,站在店门口,一只脚跨在门里,一只脚搁在门外,随时准备离开的样子。

师傅告诉他,染发分为几种,价格从 40 到 100 不等。老头惊讶地张大了嘴,都这么贵了啊?我笑了,帮着师傅说话,比咱们小区还便宜的理发店,周边怕是没有了。从镜子里看见,老头的头发稀稀疏疏,乱得跟稻草似的,发根部分,全都是灰白色的,看样子,以前是染过的。老头想了想,怯怯地问,要是我自己带膏呢?师傅笑着说,那就只收个加工费,15 元。老头连连点头,那感情好,你等着啊,我这就回去拿染发膏。说着,返身走了。

师傅继续给我剪头发。想起老头的样子，我不禁哑然失笑，没想到，那么邋遢的一个老头子，也要染发。师傅说，他就租住在附近的地下室里。我知道师傅说的那个地下室，以前是小区的一个地下自行车库，后来被改成了一个个笼子间出租，因为租金相对便宜，里面租住着各种各样的人，大多是进城打工的农民。我感慨地说，真是爱美之心，人皆有之啊。

听了我的话，师傅却直摇头：他不是爱美才要染发，而是不敢老吧。

不敢老？我疑惑地看着师傅。师傅一边娴熟地剪着头发，一边说，老头的家就在邻县，说起来和我还是同乡呢。他的儿子在这个城里读大学，为了供儿子读书，他和老伴都进城打工，可是，城里的工作不好找，钱也不好挣啊。他们刚开始找活做的时候，人家都嫌他们老，怕他们干不动，不愿意雇他们。其实，在农村，他们也不算太老，四十多岁的时候生的这个儿子，现在也才六十出头，可是，就因为一头白发，没有一个老板愿意雇用他们。后来，有人提醒他们，他们才明白。于是，他们就都染了黑发。将白发染黑后，他们还真都找到了活做，他在一家工地做架子工，她则找了个保姆的活。

我好奇地问师傅，你认识他们啊？师傅点点头，又摇摇头，第一次他们就是在我这染发的，和他们聊过几句。后来，他们就自己染了，老头给老太染，老太再给老头染，老头笨手笨脚的，经常将老太太的脖子上都抹着焗油膏。他们买的是那种最便宜的染发膏，所以，染出来的头发黑得一点不自然。

正说着，老头手里拎着一瓶黑乎乎的东西，回来了。师傅示意他坐着等一会，老头怯生生地将半个屁股坐在了椅子上。从镜子里看见我注视着他，老头慌乱地将目光移向了门外。

师傅问他，老太婆呢？老头叹了口气，回家去了。咋回家去了呢，保姆不做了？师傅又问。生病了。老头幽幽地说，我们这样的人，平时哪敢生病啊。看病贵不说，就怕病倒了，活做不成了，收入也就没了哇。可是，怕什么偏来什么，这不，前几天淋了场雨，就倒下了。我每天要上工地，也照顾不了她啊，只好回老家住到女儿家去了。

老头摇着头，满头灰白的头发，像一堆乱草一样摇晃着。

师傅剪好发，要帮我再冲洗下，我摆摆手，你还是赶紧帮老伯染发吧。老头感激地看着我。坐在理发椅上，老头的背微微地驼着，这使他的头发，看起来像个雀巢一样。师傅帮他系好围脖，老头伸伸脖子，挺挺腰杆，样子看起来精神了不少。忽然明白了理发师傅的话，他是不敢老啊。

天下有多少这样的父母，强撑着不敢老，不敢病倒啊！

不敢醉

老同学自远方来，我们几个本地同学，借机聚在了一起。

多年不见，有人提议，和以往一样，这一次，还是不醉不休。大家都点头附和，连一向滴酒不沾的一位女同学，也撸起袖子，摆出一醉方休的架势。人生难得几回醉，老同学聚在一起了，就得这么爽性痛快。

他却连连摆手。以前，就数他拼得最凶，比得最猛，喝得最多，今天这是怎么了？

身体不适？他摇摇头，不是。

嫂子不让喝了？他还是摇头。为他喝酒不要命的事，嫂子是找过大家，让他少喝点，可哪次他不是照样喝得酩酊大醉，劝都劝不住。听嫂子说，即使不在外面喝酒，他一个人在家里，也会自斟自饮，将自己灌得七八分醉。他说过无数遍，这辈子，就好这一口。

开车来的，怕交警路查，不敢喝？有位女生自告奋勇地表示，帮他代驾，保准安全地将他连人带车送到家门口。他笑笑，确实是开车来的，但这不是原因。

那为什么啊？总得给个理由吧。

见实在拧不过大家，他道出原由：父母老了，怕他们晚上有什么事，不敢喝。

可是，这算理由吗？

他又跟大家讲了一件事。几个月前，有一天晚上，为了工作上的事，他在外面应酬。酒桌上，大家都知道他酒量高，酒品又好，所以，都拼命地和他碰杯，他也是来者不拒，结局显而易见，他又一次烂醉如泥。后来，大家去K歌，他就窝在歌厅一角的沙发里，睡死过去了。直到后半夜，他才稍稍清醒了点，回到了家。妻子和孩子却不在家里。赶紧打妻子的手机，妻子说她和孩子都在医院里，他的老父亲心脏病突发，正在医院抢救。老母亲一遍遍打他的手机，没人接听，后来打通了他妻子的手机，他妻子闻讯后赶紧一边叫救护车，一边赶了过去，才将老爷子送进了医院抢救。听到这些，他的酒彻底醒了，一查手机，竟然有十二个未接电话，八个是老母亲打的，四个是妻子打的。

他咕咚咕咚喝了几口水。那次,要不是妻子及时报警求助，他恐怕就再也见不着老父亲了。他说，从那次以后，他就对自己说，从此再也不喝酒了。父母年纪大了，晚上真的随时会发生什么意想不到的事情，而他作为老人唯一的儿子，必须能够随时出现在他们面前。

原来是这样。有人提议，那就少喝点，不喝多，就不会误事。

他还是坚决地摇摇头。本来想让父母和自己住在一起，但老人不习惯，宁愿两个人住在老房子里。老房子与他的新房子，相距七八公里，开车只要十几分钟就能到了。他说，除了经常过去陪陪他们，我现在晚上绝对滴酒不沾，就是让自己时刻都是清醒的，能够随时开车，随时赶到父母身边。

是因为年迈的父母，他才不敢喝酒、不敢沉醉了啊。大家感慨，父母老了，这是他们一生中最脆弱的时候，也是最需要我们的时候。如果他们需要，我们真的能够随时出现在他们身边吗？

是啊，父母老了，需要我们承担起照顾他们的责任，我们再也不是懵懂少年了。有人端起了茶杯，提议以茶代水，祝福我们的父母。杯子与杯子，碰撞出悦耳的声音。

母亲的潜能

　　同事小陈刚刚做妈妈不久，脸上洋溢着遏止不住的幸福神情。每隔几天，她就会往自己的空间里，上传几张宝宝的照片。宝宝长得虎头虎脑，煞是可爱。每张照片，还都起了个充满诗意的名字，如有张照片，标题是《宝宝的白日梦》，宝宝趴在枕头上，睡着了，印花枕头上的碎花，像是满天的星星。还有一张，取名《手指的滋味》，宝宝斜躺在沙发上，一只手含在嘴里，正有滋有味地吮吸着呢，大大的眼睛眯成了两条细缝，很陶醉的样子。照片构图巧妙，灯光恰到好处，最关键的是，捕捉到了宝宝最可爱的瞬间，一看就是专业水准。然而，让我们绝没有想到的是，这些照片竟然是出自小陈之手。这怎么可能？从来没听说过她会拍照片啊。记得以前单位集体旅游，她是从来不带相机的，她说自己对机械的东西很笨拙。

　　小陈脸红红地说，真的都是自己拍的。宝宝出生后，为了记录下宝宝的一举一动、一笑一颦，从来没有拍过照片的小陈，开始学起了照相，为了拍好照片，她还特地让丈夫买回一台专业的单反相机。与我们平时用的傻瓜相机比，这可是真的机械的家伙。对照着书本，几天下来，小陈就基本摸清了照相机的门路。很快，什么用光啊、对焦啊、构图啊，这些摄影的基本问题，也都一个个迎刃而解。拍出来的照片，效果也是越来越好。开始的时候，连她自己都不敢相信，这些照片出自自己之手。几个月拍下来，小陈已经很有些摄影师的范了。

　　有一个问题，我们还是难以相信，你怎么就能捕捉得那么精准的瞬间、那么生动传神的表情呢？小陈笑着反问我们，还有谁比她更了解自己的宝宝？每位妈妈的眼睛，其实就是最好的快门，如果妈妈们都拿起照相机的话，每个妈妈都一定是孩子最好的摄影师。

　　妈妈的眼睛，就是最好的快门。她的话，让我豁然开朗。是的，还有谁比妈妈更了解自己的孩子？而在伴随孩子成长的过程中，妈妈的潜能，也是慢慢挖掘、升华起来的。

　　上个月，接到一位老乡的电话，说他的妻子要到杭州来，陪孩子参加艺考，他的女儿报考了一家高校的艺术专业，专业课要提前考。老乡的妻子我们也是认识的，典型的一个家庭妇女。接到老乡的妻女后，将她们安顿好。第二天，孩子去考试了，我和妻子陪她在考场外等待，闲聊起来。她告诉我们，孩子从幼儿园开始就喜欢写写画画，他们就有意培养她学习绘画，开始是在少年宫学，每周两节课，都是她陪同接送的。后来，孩子的绘画有了提高，他们又花大价钱，给孩子请了家教，直接到老师的画室上课。她说，这些年，她都是陪着孩子在画室度过的，为了给孩子开阔眼界，她还到处陪孩子看美展，参加各种各样的美术比赛。讲到孩子和绘画，老乡的妻子似乎有说不完的话题。她朝考场里幽幽地望了一眼，叹口气说，孩子特别喜欢克里姆特和莫奈的画。她的绘画基础不错，就是色调处理得不大好，特别是明暗对比，比较欠缺，老是会出现处理不当的色块。还有就是笔法也常常处理不好，最担心的就是她的"刮"法和"砌"法，因为不到位，缺乏立体感和纵深感，三度空间不明晰……说实话，听她讲这些的时候，我简直如坠云雾。以前在老家时，我们常到她家蹭饭，她烧得一手好菜，话题也是围着厨房转，没想到，几年不见，在伴随孩子学习的过程中，她自己也几乎成了半个行内人，那些生僻、孤傲的专业名词，如白菜萝卜一样，顺手拈来。

这几年，常有外地的老同学、老朋友、老邻居，领着孩子来杭州参加艺考，有的报考的是主持人，有的报考的是音乐专业，有的报考的是书画方向……无一例外的是，这些曾经对主持、音乐、书画统统一窍不通的老同学、老朋友、老邻居，如今，张嘴都是专业术语，对各自的圈子，耳熟能详。有个学音乐的孩子的妈妈，以前看简谱都像看天书一样，现在不但熟谙五线谱，还会弹钢琴、拉二胡、奏古筝。她自嘲地说，自己的这些潜能，都是在孩子的激发下，伴随孩子的成长，迸裂出来的。

她说的没错，母亲身上的潜能，很多是为了子女的成长，而萌芽爆发的。那也是爱的潜能，爱的释放。

免接听

　　儿子给父亲买了一部手机，让他每天出门溜达时带在身上，这样，随时可以联系。

　　一个多月了，父亲的手机，竟然没有打出过一个电话，自然，也没有接听过一个电话。那天儿子回家探亲，父亲摘下老花镜，揉揉干涩的眼睛，对儿子说，老了，不中用了，你买的手机那么多功能，太复杂，学不会了。儿子拿起手机，再次手把手地教父亲，别的也不用学了，你只要学会接听电话就可以了，当手机铃声响起来的时候，摁一下绿键，就能接听了。说着，儿子掏出自己的手机，准备当场试一下，这才发现，父亲手机的号码，他竟然给忘了。他太忙了，除了偶尔往家里打个电话，基本上都是母亲接听的，一个多月来，他还从来没有拨打过父亲的手机。

　　他羞愧地看一眼父亲，父亲还在埋头揉着眼睛，父亲的眼睛年轻时受过伤，现在被风一吹，或者心里有点什么事情，就会泪水涟涟。他不想让父亲看出来，自己忘记了他的号码，所以，乘父亲没留意，他用父亲的手机，快速地拨打了自己的手机，这样，自己的手机里就有了父亲的号码，随后，他又摁了下回拨键，父亲的手机"叮铃铃"响了起来。

　　听到手机铃声，父亲很兴奋的样子，一边嘟囔着，我的手机终于响起来了，一边做着接听电话的样子，却并没有摁接听键。儿子说，你姿听下试试嘛。父亲笑着说，试什么，我会的，下次你有事打我电话时，我再接，跟你慢慢唠嗑。嘿嘿，这个手机的声音真好听。父亲激动得像个孩子。

　　知道父亲心疼话费，儿子立即去帮父亲的手机办了个免费接听的套餐，并告诉父亲，从此以后，所有的接听电话都是免费的。父亲咧开嘴巴笑着，不相信地问，真有这样的好事情，真的吗？那今后要是有电话打进来，我一定要接的。

　　回到工作的城市，一下火车，儿子就赶紧往家里打了个电话，报平安。电话照例是母亲接的，母亲告诉他，父亲出去散步了。放下母亲的电话，他又拨打了父亲的手机。铃声刚响了一声，电话竟然通了，传来了父亲的声音，嗓门很大，很开心的样子。父亲告诉他，自己正和几个老伙计在小区公园里闲聊呢，我们聊得可开心了。说着，哈哈大笑起来。他听得出，老父亲是真的很开心，很激动。聊了一会，父亲说，你事情多，赶紧忙去吧。他正准备挂断电话，忽然听到话筒里又隐约传来父亲的声音，"我儿子的电话"。父亲不知道是忘了，还是不会摁结束键。想象着父亲对身边的老伙计们说话的样子，儿子也不由笑了。

此后，除了隔几天往家里打个电话，儿子不忘拨打父亲的手机。家里的电话响了，从来都是母亲接听的，除非母亲不在家。他问过母亲，为什么父亲不怎么接电话，母亲对他说，你爸爸知道我想你，他不接电话，是让我多和你说几句话。对于母亲的解释，他半信半疑，在他看来，更主要的原因是，像很多成年的父子一样，其实他和父亲并没多少话说，父亲不善于对他嘘寒问暖，他也不习惯将心里话讲给父亲听。他没想到，自从打了父亲的手机后，每次只要电话响几声，就会传来父亲爽朗的声音。父亲好像一直将手机拿在手上，随时准备接听似的。而且，也许是免费接听的缘故，父亲一接起电话，就说个没完，好像说少了吃亏似的。他发现，父亲跟母亲越来越相似了。

日子就这样流逝。隔一两天，往家里打个电话，母亲接的。再打一遍父亲的手机，他多半都是在小区的公园里，和几个老伙计在一起溜鸟，或者听听评书、晒晒太阳什么的。每次通话的时候，父亲的嗓门都很大，这让他安心。不过，父亲从来没有主动打过他电话，他知道，除了接听电话，父亲一定还和以前一样，根本不会使用手机，而且，他也舍不得往外打电话，嫌话费贵，老人都是这样，节约惯了。

　　那天，他出差经过老家。他没有告诉父母，想给他们一个惊喜。往家走的时候，在街边的小公园里，他看见父亲正和一帮老人闲坐在一起，父亲手里拿着手机，在和几个老人比划着什么。猛然抬头看见他，父亲揉了揉眼睛。确信是他后，父亲忙将手机还给了一个老人，我儿子回来了，下次再教你。说着，一边掏出手机，一边对他说，你妈还不知道你回来吧，我给她打个电话，先告诉她一声，别把她乐坏了。

　　父亲娴熟地摁着键盘，一边打电话，一边领着他往家走。看着父亲熟练地使用手机的样子，他忽然发现，父亲仿佛年轻了很多。快到家门口的时候，父亲似乎看出了他的疑惑，扭头对他说，其实你送我的手机，我会用的。刚才，我还教他们怎么用手机呢。父亲自豪地说。他冲父亲笑笑。看着父亲的背影，他忽然明白，父亲之所以从来不主动打他的电话，并非是不会使用手机，也不是真的舍不得那点话费，而是害怕打扰到他啊，而父亲其实又和母亲一样，一直期盼着听到他的声音，所以，只要手机铃声一响，他就会迫不及待地接起。

　　有多少亲情，期待着接通啊。

不让你离开

　　他 89 岁，她 87 岁，他们已经在一起生活了 64 年。四年前她被诊断出患有阿兹海默老年痴呆症，卧床不起，并且忘记了一切，连他都不认得了。现在，也许到该说再见的时候了，死亡在一次次向她招手。而他用老榆树皮一样疙疙瘩瘩的手，无力但坚定地拉着她，不让她离开。

　　他们是一对阿根廷老夫妇，他们的孙子，一名自由摄影师，用镜头将他们的日常生活记录了下来。在互联网上，我通过几十张照片，看到并认识了他们。我被他们的生活震撼，打动。

　　所有的照片，都是在他们的家中拍的。卧室、客厅、厨房和卫生间，家是唯一的背景。四年来，她再也没有离开这个家半步，而他为了照顾她，也从没有走出这个家门。

　　一张照片，是他端着一盘食物，走向卧室。他身边衣柜的镜子里，倒映出蜷缩在床上的她。她已经瘦弱得不成样子了，脑袋软绵绵地耷向一边，但她的眼睛，却一直没有离开过门的方向。也许对她来说，在他离开她身边，去厨房为她做饭的这段时间，如此漫长，长到她似乎再也等待不及。幸好他颤颤巍巍地出现在了门口，而且手中端着她最喜爱，也是唯一能够咽下去的食物。

另一张照片，是他站在床头，喂她吃饭。他一只手端着盘子，另一只手，将面包（还是蛋糕？）一块一块撕碎，一小片一小片地喂她。她的嘴角，粘着一粒碎屑。她蜷缩着，瘦削的锁骨，几乎可以淹没所有的岁月。她睁大眼睛，看着他，我描绘不出她的眼神，她已经认不得他——这个一直在照顾他的老头。那么，她的眼神里，除了疑惑和感激，会不会是积淀了几十年的一种本能的流露？

让我心碎的，是这样一张照片。他站在床头，穿着厚厚的毛衣，佝偻着腰，戴着老花镜，正一张张地翻着报纸。我不知道，看看报纸，是不是他和这个世界剩下的最后的通道？他是想从报纸上，找一些有趣的新闻，然后读给她听吗？不过，很可惜，坐在床前椅子里，裹着厚厚的棉衣的她，双手拢在一起，脑袋耷拉了下来。她已经睡着了。阿兹海默老年痴呆症使她特别嗜睡，只要坐下来几分钟，她就会打起瞌睡。他还在埋头翻着报纸，一张，又一张，他总能找到他需要的东西，然后，将她轻轻唤醒，念给她听。

有一张照片特别奇怪，画面就是一个挂在墙上的钟，时间指向 2 点 13 分。我不能确定，这是下午，还是凌晨；我也不能领会，摄影师拍下这个时间的意图。没有图片说明。我只能猜测，或许时间对这两位老人来说，已经没有什么意义，他们不必一定要在某个时间，做某件事情，他们的时间，总是捆绑在一起，牢不可分，没有什么东西能够将他们分离，即使是万能的时间。

唯一一张能够看到室外的照片，是他站在窗前，窗帘拉开一半，窗户前面，是一株我叫不出名字的植物，但我看到，绿绿的叶丛中，有几朵剩开的花朵，两朵是红的，还有四五朵是白的。他站在窗前，凝视着那株植物。他在想什么呢？春天来了，还是最近一次携老太太一起出游？或者更远一点的花朵，他曾经摘下并插在她发丛里的那朵？他和她，都已经很久没有走出这个家了，家成了他们最终的一站。

我看到的最后一张照片，是他牵着她的手，走出房门。看得出，是从卧室走向客厅。那只是几步之遥。不过，对于她来说，那是非常遥远，也非常艰难的一段路程。没有他的搀扶，别说走到客厅，她连床都下不来了。疾病正在一点点地剥夺她的生命，死神已经拽住了她的一只脚。但是，他不同意！他不想让她离开，他不能让她离开，绝不！他牵着她的手，无力但是坚定。

不让你单独离开，是不想让自己单独留下，是想当有一天，再也无力坚持下去了，就手牵着手，我们一起离开。

发现母亲为我们做的每一点

为了让母亲安心地留下来，我们将钟点工也辞了。在母亲看来，有她在，还请别人，那简直是天大的浪费。

自从母亲和我们住在一起，每天下班回家，都有热乎乎的可口的饭菜吃，家也收拾得井井有条。母亲不识字，不会看书读报，连电视也很少看，我们白天去上班，她就一个人在家，东忙忙，西忙忙，一天就寂静地过去了。直到我们都回到家，家里才热闹起来。可是，我们在说说笑笑的时候，母亲往往只是笑眯眯地坐在一边看着，我们说的话题，她永远插不上嘴，而她偶尔讲起的话题，我们又多半不感兴趣。有时候，母亲会默默地一个人拐进厨房，将刚刚洗过的锅碗，又抹洗一遍。看着母亲的背影，我的心里忽然酸酸的，我知道住惯了乡下的母亲，和我们住在一起后，其实很辛苦、很孤单、很无奈。我却想不出一个有效的办法，来缓解母亲的孤独。

一天回家，推开窗户，惊讶地发现，窗户上安装的隐形纱窗，变得很干净。这套隐形纱窗安装上后，因为无法拆卸，所以一直没有清洗过，很多网眼都快被灰尘堵住了。今天，纱窗怎么会变得格外清爽、透气？我走进厨房，问正在做饭的母亲，妈，我们家的纱窗怎么都变得这么干净啊？母亲笑而不语。我真是傻极了，除了是母亲亲手擦洗的，难道还有仙女下凡不成？！我嗔怪母亲，我们家虽然住二楼，站在窗户边擦拭，还是很危险的，而且，那么脏的纱窗，擦洗起来多费力啊，毕竟母亲是六十多岁的人了。母亲的心情看起来却非常好，连连摆手，这点小事，与我种地比起来，轻松多了，妈还没老到不能干活呢。话虽这么说，我还是劝说母亲，下次千万别再干这样的累活险活了。

一会儿之后，儿子和妻子也回家了。我问儿子，你瞅瞅，看看我们家有什么变化？儿子东瞧瞧，西望望，忽然大呼小叫起来：我们家的窗户变干净了，是不是？妻子也附和，难怪一进家，感觉比以前亮堂了不少。我告诉儿子，这是奶奶今天擦洗的。奶奶，您辛苦了！儿子冲着厨房高喊了一声。

吃晚饭时，话题不知道怎么又扯到了纱窗上，我再次向母亲表达了我们的惊喜和感激，我发现那天母亲的精神特别好，像个受到了表扬的孩子一样。

又过了一段日子。有天，我在书房查找一本旧资料。翻了几节书柜，好不容易才在一堆旧教材中找到。将翻开的书归位时，无意间发现，书架上一尘不染。说来惭愧，虽然我是个爱书之人，但却很少整理书橱，有时候，某节书柜长时间没用过，再打开的时候，书和书的缝隙之间，就会积攒着一层灰尘。奇怪的是，这次书橱竟然这么干净。我走进母亲的房间，问正在做针线活的母亲，我的书房，你是不是整理过了？母亲紧张地看着我，是不是我把你的书弄乱了？我是一本一本拿下来，擦干净后，再按照顺序，一本一本摆回去的，怎么还是摆错了呢？我笑着打断母亲，没乱，没乱，我是想告诉你，我的书橱，还是第一次这么整洁呢，谢谢你，老妈。母亲一听，咧开嘴笑了，笑得很甜。

我忽然意识到，除了日常生活无微不至的照顾之外，母亲还在默默地为我们奉献很多很多，只是母亲的很多辛苦和操劳，都被我们忽视了，而只要你留心发现，并向母亲表达出来，母亲就会特别开心，特别满足。她并非为了我们的感激和表扬，而是因为我们的一个微笑、一个眼神，都会让她感觉到，她还是有用的。

自那以后，我就做了一个有心人，每天回到家后，我都会暗自留意，看看今天的家中，又有了怎样的变化和惊喜。几乎每一天，我都会有所发现，从未失望：今天的餐具，特别干净啊；我的衣服纽扣，又被缝上了；今天的被子真香啊，透着一股阳光的气味，白天刚刚晒过吧；今天有道菜，是第一次尝到，母亲刚学来的吧；今天的凉水有股甜味，竟然是母亲坐公交车去山里的泉眼边打回来的水；今天的板凳上面，都将凉座席换成了棉的，坐上去又暖和又柔软……而且，每次有所发现之后，我都会大声地告诉母亲，说出我们的惊喜，也说出我们的感激。每次，母亲都会摇头，连连摆手，没什么没什么，神情还有点不好意思。可是，我感受到了她内心的满足和欢乐。

　　别以为亲人为我们的付出都是天经地义的，发现亲人为我们做的每一点，并大声地告诉他们吧，那会让我们和亲人之间，更加无间，更加亲密，更加温暖。

我听得见

　　岳父因病住院，我晚上去陪护。

　　一间病房住着三个病人，加上每个病人一个陪护的，小小的病房，显得有点拥挤。

　　邻床住着一位老太太，床头病历卡上写着，87 岁。陪护的是她的长子，也已经六十多岁了，头发都花白了。老太太因为心肌炎住院，这几天冷空气南下，气压很低，老太太病情有点加剧，常常躺在病床上，大口大口地喘气。

　　病情稳定的时候，老太太就让儿子将病床摇高一点，身子斜靠在病床上，和左右两边的病人或者陪护聊天。得的是什么病啊、有几个子女啊、来陪护的是谁啊……老太太都关心地问一遍。老太太嗓门很大，让人简直不敢相信，这是一位快九十高龄的老人的声音。老太太每问一句，她的儿子就将别人答的话，附在老太太耳边大声地重复一遍，老太太的儿子说，老人的听力不好，别人讲的话，她基本上都听不见了，偏偏还特别喜欢跟人说话，平时在家里，老太太与别人唠嗑，他都要站在身边，为老人复述。儿子笑着说，就这样她还不乐意呢，有时候他复述的声音大了点，老太太会不满地嘟囔，让他小点声，她听得见呢。她哪里听得见啊，儿子无奈地摇摇头，花白的头发在灯光下一闪一闪。

老太太安静的时候，每隔一段时间，坐在老太太身边的儿子，都会俯身凑近老太太的耳边，问她想不想喝点水，或者要不要吃一片水果，或者有没有哪里痒要挠一挠，儿子说，这是医生交代的，为安全起见，怕老太太睡过去。可是，声音低了，老太太根本听不见，喊不醒，声音高了，又怕吵着同病房的其他病人。儿子便只好贴着老太太的耳朵，压着嗓门，大声地说话，本就苍老的声音，因而变调得有点怪异。老太太一次次被喊醒，有时候会乖乖地喝一小口水，或者吃一小片苹果什么的。有时候老太太则显得很生气，责怪他声音太大，吵死人了！老太太像个孩子一样，儿子就一脸笑容地哄着老太太，直到老太太的脸上，也露出笑容。病房里的其他病人和陪护，都会心地笑了，人老了，有时候确实像个孩子呢。

大家都习惯了老太太的大嗓门，老太太有力气大声说话，至少说明她的健康还不错。不过，回老太太话时，大家却还是习惯性地小着声，因为，即使你再大声，也得老太太的儿子复述，不然，老太太半句也听不清。

有一天早晨，老太太的病床前，忽然多出了一块小黑板，以为是医生挂在病床前记录什么的，走过去一看，上面什么也没有。让人纳闷。

医生查过病房后，老太太的精神看起来不错，大声地说着话，一会儿问我的岳父，今天感觉有没有好一点？一会儿又问另一位病人，还感觉胸闷吗？可是，奇怪，老太太的儿子今天怎么没复述别人的话？再一看，老太太每问一句，别人回答一句，儿子就在黑板上刷刷地写着，然后，竖起来亮给老太太看。我们好奇地问老太太的儿子，为什么要费这个周折？老太太的儿子笑着指指老太太，她怕我的声音大，吵了别人，所以，让我将家里的这块小黑板拿来，你们跟她讲的话，或者我要跟他讲什么，就写在黑板上，老太太视力还不错，字大一点，还都能看清的，而且，老太太以前是老师，也习惯看黑板。

真没想到，这块黑板竟然是这个用途，这个可敬可亲的老太太，即使病中，也不肯打扰了他人。

聊了一会儿，老太太有点累了，倚靠在病床上，眯起了眼睛。她的神情安静慈祥，多么像离开我们多年的奶奶啊。

爱的移位

每晚，儿子都要回家，看望独居的老父亲。

儿子摸摸藤椅，轻轻摇了摇，藤椅吱呀吱呀地响。儿子弯腰检查，发现藤椅一条腿上的藤条，松了。每次回家，儿子都要仔细地检查：老父亲坐的椅子，是不是结实；门把手，是不是牢固；柜子，是不是稳定。父亲老了，即使在家里移动，也得依靠那些能够随手抓到的东西，使一把劲。他得确保父亲家里的每一件东西，都稳固、结实，以免父亲使用时发生意外。这把藤椅是父亲最喜欢坐的椅子，他坐上面读读报纸，坐上面看看电视，坐上面打个盹，坐上面发下呆，坐上面思念母亲……在儿子的印象中，父亲大把大把的时间，都是在藤椅上度过的。藤椅陪伴了他二三十年，也许更久，现在它有点松了，不再像以前那么牢固了。儿子赶紧找来工具，先用铁丝将藤椅的腿绑牢，然后，用旧衣裳撕成的布条，一层一层地缠起来，这样，藤椅就既结实，又不会伤着父亲了。

若干年前，年轻的父亲自己动手，用木头做了几把轻便的桌椅，专门给儿子用。年幼的儿子很调皮，任何东西都会成为他的玩具，小椅子也不例外。害怕椅子太重，砸伤了孩子的脚，所以，年轻的父亲特地找来质地最轻的梧桐木，做成了几把椅子和一张小桌子，并且耐心地将每一个角，都磨圆，这样，即使孩子碰着了，也不至于弄伤他。

儿子走进书房。父亲一辈子爱书，一堵墙都是书架，摆满了各种各样的书籍，父亲现在还经常找几本出来读读。每隔一段时间，儿子都会帮父亲整理、清理一下书架，将父亲常翻的一些书，移到书架的中层，这样，父亲拿起来方便，就不用自己登高去翻找了。父亲的年龄越来越大了，每登高一次，都会增添一份危险。为了防止老父亲爬高，儿子将家里的东西，都尽量往下搬，移到伸手可及的地方，这样，老父亲需要什么，随手打开柜子，就可以拿到了。可是，倔强的老父亲，有时还是会偷偷地站在凳子上，找这找那，这让儿子非常担心，他几次"严厉"地"警告"父亲，若是再站凳子的话，他就将书架上面几层给封死。

若干年前，儿子从蹒跚学步，到自如地奔跑跳跃，正一天天长大。儿子给这个家，带来了无穷的快乐。但是，这个调皮的男孩，也因此造成了一次次险情。好奇心使他什么东西都要看一看，什么东西都要摸一摸，什么东西都想玩一玩。为了不伤到他，年轻的父亲只能将家里一些易碎和危险的东西，往高处藏：放在茶几上的玻璃杯，都移到了柜子上；摆在桌上的花瓶，挪到了橱顶上；开水瓶藏在了厨房平台的最里层。可是，这一切反而更激起了孩子的好奇心，年轻的父亲越将东西往高处藏，孩子越想看一看，他趴在桌子或柜子沿上，踮起脚尖，再踮起脚尖，然后，伸手去探、去摸、去捞、去勾……"啪！"一个玻璃杯碎了；"哗啦！"一个装满东西的盒子摔到了地上。年轻的父亲看到孩子的模样，真是又好气又好笑，佯装"严厉"地"警告"他，再这样小心揍屁股。而他从没有因此打过孩子，他怎么能够阻止一颗向往、好奇、长大的心呢？

将家里认真检查了一遍之后，儿子来到客厅，在沙发上坐了下来。老父亲正在看一部重播的古装历史剧，他对这种古装戏其实没什么兴趣，但他还是每晚陪老父亲看上一集。有一次，老父亲对打着盹的他说，你累了，赶紧回去休息吧。他惊醒了，对老父亲说，回去只能陪她看煽情的肥皂剧，您就让我在这儿多看一会吧。老父亲乐了，女人都这样，你娘在世时，不也喜欢看那些电视吗，你要让着点她。儿子点点头。儿子和老父亲，继续有滋有味地看着电视。

若干年前，儿子上中学了，学业越来越紧张，应试、升学，将儿子和全家人的弦，都绷得紧紧的，特别是高考之前那段时间，家里的空气沉闷得就像炸药，随时都会被点爆。人到中年的父亲和母亲，在家里走路，都是踮着脚尖的，生怕轻微的响动，影响了紧张复习的孩子。一次，儿子惊讶地发现，家里的电视机很久都没有打开过了，他问父亲，你们怎么不看电视了啊？父亲不屑一顾地说，电视节目越来越粗糙，越来越难看，看了就生气，不如不看。儿子信以为真。直到他高考结束那天，家里的电视机，才和父母的笑声，一起重新响了起来。

夜慢慢深了。儿子将老父亲搀扶上床，然后，告别老父亲，轻轻带上门，回自己的家去了。

若干年前，每个寒冷的冬夜，父亲都要披衣起床，蹑手蹑脚走进儿子的房间，将儿子蹬开的被子掖好。儿子翻了个身，又沉入甜甜的暖暖的梦乡。他不知道这一切。

爱永远不会变质

中秋节，单位照例又发了两盒月饼。很精制的包装。拎回家，儿子打开后，闻了闻，便弃置一边。也不能怪如今的孩子嘴刁，他吃过的甜蜜的东西太多了，月饼不能吸引他。但我对于月饼，却有一份难舍的感情。

那时候我刚参加工作。

大学毕业后，到单位报到不久，就遇到了工作之后的第一个节日——中秋节。巧合的是，中秋节那天恰逢星期天。其时电话还没有普及，我的家乡又远在百多公里外的农村，所以，我提前写了封信回家，告诉父母和奶奶，中秋节我回去。

过节前，单位就早早地每人发了两袋月饼。那时候的月饼，不像现在这么包装，只是用油纸裹着的。虽然很粗糙，但与那些散装的月饼比起来，还是显得高档多了。将月饼领回宿舍后，看着月饼，舔舔嘴唇，咽了几次口水，想着很快就可以回家，与家人一起分享，终于没舍得拆开尝尝。怕月饼变质，我又用旧报纸里三层外三层裹了几层。然后，就盼着中秋节快点来临。

中秋节终于来了，我却未能回到了家。单位临时通知，我们几个新进来的，要集中学习一段时间，中秋节也不放假了。听到这个消息，我郁闷之极。无奈，只好又给家里写了封信，推迟两个星期回去。

月饼该怎么办呢？这成了最大的难题。自己吃了吧，舍不得。就这么放着吧，又怕坏了。和我一道分配来的一个同学，准备中秋节将月饼带回家去的，也暂时回不去了，他不知道从哪学到了一个储藏月饼的方法：用脸盆盛满水，然后，将月饼装在饭盒里，浮在水面上。那年的初秋，还很炎热，既没有空调，也没有冰箱，没有别的办法能够降温。这个土办法或许有用。我也照他的样子，将月饼珍藏了起来，每天不忘换一盆新水。

日子在慢慢地流逝。终于，集中学习结束了，单位考虑到我们几个年轻人工作之后，都还没有回过家，就给我们每人放两天假。这可乐坏了我们。刚刚领过工资，虽然不高，但这可是第一次自己挣的钱。我们跑上大街，给家人采购了一些水果和日用品，又从脸盆里小心翼翼地取出月饼，各自乘车回家。

辗转回到家，天已经黑透了。

父母、奶奶和妹妹们，倚在门前等着我呢。我一件一件拿出礼品，送给他们。最后，我取出月饼。小心地打开报纸，撕开一层，又撕开一层。月饼的香气，慢慢地飘散出来。

当我撕开包装袋，取出月饼时，傻了，灯光下，清晰地看见，原本油润润的月饼上，竟然长了一层绿毛。

那一刻，我的眼泪都快流下来了。

奶奶见状，安慰我说，不要紧，她还留了一快月饼。说着，奶奶迈着碎步，走到米缸前，弯下腰，在米缸里掏了半天，最后，掏出了一块油布包裹着的月饼。奶奶眯着眼说，这是我特地给你留着的。

我的眼泪再也控制不住。

奶奶保存的那块月饼，没有变质。我把它切成了小小的块状，分给每个人。外面黑漆漆的，一点月光的影子都没有，但我们一家，补过了一个温馨的、甜蜜的中秋佳节。

奶奶

在杭州最热闹的一个街区，他们相遇。

晚上十点多钟，他从公司加班出来，一阵寒风吹过，他不禁缩了缩脖子。推着自行车，他看见了坐在街心花坛上的她。她看起来七八十岁了，一只手杵着一根木棍，一只手端着一只一次性餐碗，头上披着一件灰白的毛巾，身上单薄的外衣，已经分辨不出当初的颜色。她是个乞丐。他摸摸口袋，将兜里的零钱都掏了出来。可是，当他准备将手中的钱放进她的碗里的时候，她却用手挡住了碗口。

她看看他，对他说："孩子，你是学生吧，我不能要你钱，你们也是靠父母，不容易。"一口很浓的方言。

他笑了，对她说，老奶奶，我已经工作了。她也笑了，我看见你背着书包，还以为你是学生娃呢。她说，我不找学生要钱的，学生都是家里人养着，家里人都不容易啊。

他支起自行车，蹲在她身边，和她聊起来。他问她，家里还有什么人？她告诉他，老伴去世了，自己有五个孩子，四个儿子，一个女儿，全都成家了。最小的孙子，都快有他这么大了。几个儿子都不肯赡养她，女儿在家里又做不了主，没办法，只好出来讨口饭吃。她说，我也不怪他们，他们各自都有一大家子，日子也难过啊。

她忽然问他，听你的口音，好像也不是杭州本地人吧。他点点头，告诉她，自己老家是青海的。她茫然地噢了一声，摇摇头说，没去过，一定很远吧。她怜惜地看看他，你是自己一个人在外面打工啊，不容易，多给家里打打电话。发钱了，给爸妈寄回去点，别都花了。好好孝顺你家里人。

他的鼻子酸酸的。他想起了自己远在家乡的父母，还有奶奶。她多像自己的奶奶啊。她们有一样慈祥的面容，有一样爬满皱纹的脸，有一样浑浊的眼睛，有一样花白的头发，有一样皲裂的双手，有一样越来越驼的背，还有一样的永远也放不下的牵挂。

又一阵寒风吹过，他缩了缩脖子，她的拿着碗的手，不自觉地往袖筒里缩了缩。他毫不犹豫地摘下自己的手套，递给她。她连连摆手，孩子，你骑自行车，怎能没有手套呢，我不能要你的手套。

他掏出手机，对她说，我能给您拍张照片吗？她不好意思地笑了，露出残缺不全的门牙，我这辈子还是第一次拍照片呢。他和她约好，明天我将照片洗好，给您送过来。她不住地点头。

回到家，他久久难以入睡。她的身影，一次次浮现在他的面前。他将和老人的相遇，发到了本城的一家网站上。

我正是在网上，看到了他和她的故事，他还将她的相片，发到了网上。他希望恰好路过那里的人们，如果看到了她，给她一点点帮助，哪怕只是停下来，和她聊几句。短短的时间内，跟帖无数。我仔细地端详她的照片，苦楚而坚韧。

第二天晚上，他在同一时间，找到那里。她还坐在那儿，一只手杵着一根木棍，一只手端着一只一次性餐碗，头上戴着那条灰白的毛巾，所不同的是，她的身上，多了一件厚实的衣服。她一眼就认出了他。她告诉他，不知道为什么，今天有很多人跑来看她，有人给她钱，有人送她衣服，有人给她带来吃的。她难为情地说，这么多人对她这么好，她心里很不安呢。

第三天晚上。一位母亲领着自己的孩子，找到了那儿，孩子想看看这位老奶奶；一位叫"花椒"的网友，拉了整整一车的生活用品，想去送给这位老奶奶；一个中年男人，办公室里的几位同事，捐了一些钱，想送给这位老奶奶……孩子、网友、中年男人，他们都喊她"奶奶"，他们想在这个冬天，给这位从未谋面的奶奶，带去一点温暖。

却怎么也找不到她了。她的身影，再也没有在那儿出现过。附近大楼的保安说，以前，她都是在大楼地下停车场的角落打地铺，也许是不愿意这么多人关注她，她选择了离开。

我一直通过网络默默地关注这件事。我的奶奶，离开我们已经快 20 年了，有时，她还会出现在我的梦中。有一次，我的孩子无意间看到我奶奶的照片，诧异地问我，爸爸，怎么你奶奶和我奶奶，长的这么像啊？我笑了，其实她们长的并不像，但是，又确实很像。

那是因为，天下的奶奶，都一样慈悲，一样善良，一样温暖啊。

地气

　　吃过晚饭，我照例到阳台上晃晃，抬头看看远处的夕阳，或者低头看看我们的院子。

　　没错，是我们的院子。我家住在二楼，但一楼院子里的花香，我能嗅着；长到半人高的石榴树，我伸手能碰着；有风吹过，所有的花花草草都争相和我打着招呼……它可不就是我们的院子吗。

　　楼下的老王，正在院子的角落，弯腰用铁锹挖着坑。这个老王，是我们的新邻居，搬来才半年多，以前一楼的住户，气哼哼搬走了。也难怪人家生气，好端端的一个院子，到处是散落的烟蒂，瓜子壳，橘子皮，还有牙签什么的，那都是从一层层的楼上飘下来的。我们这幢楼，临河而建，站在自家的阳台上，就可以欣赏到一河的风景，所以，楼上的人家，有事无事，都喜欢站在阳台上，瞅瞅风景。有的是饭后，一边打着嗝儿，一边剔着牙慧，剔干净了牙齿的缝隙，那牙签，随手就扔到了楼下的院子里。有的人，一边发着呆，一边嗑嗑瓜子，见楼下没人，瓜子壳都"啪啪"地吐到了楼下的院子里。最多的是男人，逃过妻子的眼睛，在阳台上抽根烟，吞云吐雾，神仙似的，抽完了，一个弹指，烟蒂就会划着流利的曲线，飞进楼下的院子里。十二层啊，如果大家同时在阳台上，做着这个动作，将是多么整齐壮观？一楼的住户，骂过，无效；一户户上楼去敲门警告，还是无效。无奈的一楼住户，干脆也不进院子了，只是将自家的杂物堆在院子里。一段时间后，杂草丛生，污垢一地，一楼的院子彻底成了垃圾场。

老王就是在这时，搬了过来。没过几天，站在阳台上的人们突然惊讶地发现，楼下院子里堆的杂物不见了，杂草被拔除了，垃圾被清扫干净了。抽烟的人，捏着烟蒂的手抖了几下，看看院子里没人，还是扔了下去；剔牙的人，"呸"地一声将嘴巴里的哕物吐了出去，见没人，手里的牙签，还是顺手丢了下去；嗑瓜子的人，先是用手将瓜子壳盛着，看看楼下没人，还是悄悄撒了下去。老王也不恼，每天两次，将院子打扫干净。

又过了几天，站在阳台上的人们忽然惊讶地发现，楼下院子里的土，被翻开了，久违的泥土气息扑鼻而来。几天之后，新翻开的土地上，竟然冒出了一层油绿，是草籽发芽了呢。楼上的人们俯身看到那层浅浅的绿色，与不远处河边的绿地遥相呼应，心里暖暖的。捏在手里的牙签、烟蒂和果壳，犹豫了一下，终于没有扔下去，而是随手带回家，扔进了垃圾筒里。

青草长得很快，老王又在院子的几个角落，各栽了几盆植物，一棵是石榴树，栽下去的时候，就已经有大半人高；一株是白玉兰，刚刚打苞；还有几株矮一点的，是海棠，花已经盛开。不到一个月，原来的院子，已经葱油油一片，从楼上望下去，就像是自己家的后花园一样。

站在阳台上的人们，经常能看见老王在院子里忙碌着，为花草们浇水、打枝、捉虫，有时候，他会弯腰从草地上捡起一个烟蒂，或者一根牙签什么的，看来，还是有人习惯性地往下扔东西，这让其他站在阳台上的人，脸微微一红。老王偶尔会抬头仰望楼上，从楼上望下去，老王仰着的脸，很像一只向日葵。

昨天晚上，忽然有人敲门，从猫眼里看见是老王。这是他第一次上楼来，不知道他为何而来？惴惴不安地将老王让进屋。老王笑着说，我注意到你们楼上很多人家的阳台上都种了花草。我点点头。我家的阳台上也养了些，不过，养得不好，都不太精神。老王说，我也喜欢种花养草，花草说贱也贱，说娇贵也娇贵，除了经常晒晒太阳，有时候，也要让它们沾点地气。地气？都是种在花盆里，怎么沾地气呢？老王说，我准备在院子里挖几个泥坑，你们楼上谁家的花草有需要，就连花盆一起先埋到土坑里去，等接上了地气，长茁壮了，再搬回各家的阳台上。这主意好啊。老王乐呵呵说，那我再到楼上各家去说一声。

　　站在阳台上，默默地看着老王弯腰忙碌着，他已经挖好了几个泥坑，有人正在将一盆有点蔫的滴水观音连盆带花，移进泥坑里。好象是九楼的住户吧？我琢磨，再过几天，也将我那盆发财树埋在老王家的院子里，接点地气，它也有点蔫了呢。

　　从楼上俯身往下看，滴水观音的每一片叶子，都很像一张笑脸。

看人加把盐

在我看来，母亲做饭的手艺，实在飘忽不定：有时候偏淡，有时候又偏咸；有时候炒得过生，有时候又焖得过熟；有时候饭煮得很硬，有时候又煮得很软。可是，奇怪的很，所有来我家吃过饭的客人，却都对母亲做的饭菜，称赞有加，他们的赞美都是发自内心的，没有丝毫的虚假客套。

是隔锅饭香吗？是，也不是。

有一次，老家几个人，进城卖西瓜，母亲上街买菜，正好遇着，于是连拖带拽地，将他们拉回家，非得让他们吃了饭再回去。母亲指着一个年纪大一点的男人说，这是你舅。不认识。又指着一个看起来和我年龄差不多的人说，这是你表叔。也不认识。我离开家乡多年，老家的人基本上都不怎么认识了，除了亲戚和几个老邻居之外。亲戚里并没见过这几个人啊。可是，在母亲看来，乡里乡亲，都连着绊着，那不就都是亲戚吗。

母亲忙着张罗饭菜，真佩服她老人家，并没什么准备，却能一眨眼，整出一桌子菜来。母亲让我陪几个客人先喝点啤酒。我捡口菜，送入口中，还没咀嚼，一股咸气就直冲脑门，咸得我直龇牙咧嘴。我的娘哎，这菜里放了两次盐吗？我冲还在厨房里忙碌的母亲喊，菜太咸啦！没想到，几个客人却连连摆手，不咸不咸，正合口味呢。年纪大一点的对母亲说，嫂子，菜足够了，别忙了，你也过来吃饭吧。说着，捡一口菜，吧唧吧唧很响地嚼着，一边含含混混地说，嫂子，你做的菜，咋还是那么好吃呢。另外几个人，也一边喝酒，一边吃菜，很满意的样子。

送走客人，我对母亲说，今天的菜都太咸了，我说过多少次了，盐吃多了，对身体不好。母亲笑笑，我知道，今天不是你舅他们来吗，我才多加了把盐的。我诧异地看着母亲。母亲接着说，你晓得这么热的天，他们在大太阳底下卖西瓜，一天下来，淌了多少汗吗，他们的衣服一直是湿的。要是像平时给你们做的菜那样清淡，他们吃了根本没滋味的。

多加一把盐，这是母亲给她汗流浃背的乡亲，加把力呢。

有时候，家里来了年纪大一点的客人，母亲做的饭，就会软软的。我们知道，这是母亲为了照顾客人而为，不过，我们一家三口，特别是儿子，喜欢吃硬硬的饭。母亲自有她的办法。电饭锅里的米刚煮沸的时候，母亲会揭开锅，用饭勺子将米往一边拢拢，这样，煮出来的米饭就一锅两制了，一半稍硬，一半稍软。各取所需。

　　这就是我的母亲，和很多母亲一样，她的一辈子，基本上都是围着厨房和她的亲人度过的。谁喜欢吃甜的，谁又喜欢吃辣的；哪个爱吃这个，哪个不爱吃那个……母亲的心里，都清清楚楚。而母亲自己，总是舍不得将剩饭剩菜倒掉，而是混在一起，热一热，就成了她的可口的饭菜。那些咸的淡的，辣的酸的，苦的甜的，荤的素的，全部混杂在一起，这就是天下的母亲，吃的最多的饭菜。

　　去厨房里抱一抱我们的母亲吧，她往菜里撮一把盐，撒一点糖，倒一点醋，加一点水，无不是为了让我们的生活，变得有滋有味，甜甜蜜蜜。

我儿子说了

社区要做一些居民登记，委托我负责家附近的几幢楼。

白天要上班，只能晚上做，挨家挨户敲门。那天，到 7 号楼时，已经是晚上九点多了，看到一楼一户人家灯还亮着，预备登记完这家，就收工。

敲门。门打开了一条缝，探出一张苍老的脸。隔着防盗门，老太太一脸警惕地问我，什么事？我告诉她，我是 2 号楼的住户，帮社区做居民登记。老太太上下打量我几眼，我儿子说了，晚上不安全，不能让陌生人进屋，你还是明天白天来吧。

隔天我轮休，继续去7号楼登记。走进楼梯口，正好遇到一楼的老太太，手里拎着一只菜篮子，看样子是刚买菜回来，我和她打招呼。老太太看看我，认出来了，你是前晚来登记的那个人吧？我点点头，指指菜篮子说，您买菜去的啊，好像都是蔬菜。老太太呵呵笑了，我儿子说了，老年人要多吃新鲜蔬菜。

老太太客气地将我让进屋，是个二居室，很干净。放下菜篮子，老人执意为我沏了一杯茶，自己却倒了一杯白开水。我问老人，您自己不喝茶啊？老太太摆摆手，我有老胃病，我儿子说了，医生告诉过他，我这种情况最好常喝白开水，不伤胃。

又是"我儿子说了"。忽然意识到，不多的几句话中，老太太已经几次讲起这句，就像口头禅一样。我笑着问老人，平时一个人住吗？老太太点点头，五年前老头子走了，就一个人住了。我问她，子女怎么没住在一起？老人摇摇头，我儿子说了，他的工作很忙，单位离得远，孙子的学校也不方便，他们就搬出去自己住。老人招呼我喝茶，接着说，不过我儿子说了，他每个星期都会回来看我的。

信息很快就登记好了。本来想起身告辞，老太太热情地邀我再多喝几口茶，我感到老人平时一定很孤单，连个说话的人都没有，就又坐了下来，干脆多陪老人讲讲话，反正居民楼里白天也没什么人，登记不了几户。

没想到老太太很健谈。老人告诉我，以前她在一家工厂上班，还获得过厂里的三八红旗手呢，言语里充满了自豪。还告诉我儿子在哪上班，媳妇是做什么的，孙子在哪所重点高中读书，说起这些的时候，老人的眼里，流露出无限的满足。有意思的是，每讲几句，老太太总会加上这么一句，我儿子说了，怎样怎样，我儿子说了，如何如何。

正聊着，老人家的电话铃声响了起来，老人忙拎起话筒。没讲几句，就挂了，看得出，对方很仓促。放下电话，老人的神情忽然有点黯淡，低声说，儿子打来的，我儿子说了，最近单位里事情太多，这个星期天他就不过来了。老人瞅瞅我手里的登记本，我理解他呢，你看看，你们年轻人，正是忙的时候呢。

时间差不多了，我起身告辞，去另外的人家登记。老太太为我打开门，目送我上楼，在楼梯拐弯处，忽然听到老太太站在门口对我说，忘了告诉你，我儿子说了，等孙子考完了大学，就带我坐飞机去桂林玩，我这辈子还没坐过飞机呢。

我扭头冲老人笑笑，老人的眼神里，满是期待和自豪。

忽然觉得，老太太每次讲起"我儿子说了……"时，样子多像一个孩子总是跟别人念叨，"我爸爸说了，我妈妈说了……"啊。孩子长大了，父母老了，曾经强大的支柱，现在反过来需要我们做子女的来支撑了。时空只是稍稍颠倒了一下，温暖而苍凉。

父亲都是艺术家

作文本收上来了，他在昏暗的灯光下，一本本批改。

这次的作文题目是写写自己的父亲。他觉得，这些来自农村，跟随打工的父母进城的孩子，事实上对于自己的父母了解并不多，而尤其让他担忧的是，有的孩子对自己农民工身份的父母，有一种自卑和轻视，认为自己的父母，与那些城里孩子的父母比起来，身份低微，素质不高。他希望通过这篇作文，让孩子们对自己的父亲，有更多一点了解和理解，从而加深亲子关系。

一篇篇看下来，基本上都是写自己打工的父亲，怎么辛苦，如何劳累，多么卑微。这也难怪，民工子弟学校的孩子，父亲不是工地上的泥水匠，就是车间里的操作工；不是烈日下扫马路的，就是码头上挥汗如雨的搬运工；不是在小区收购垃圾的，就是气喘吁吁的送水工。

又打看一本。作文的标题让他眼前一亮——《我的艺术家爸爸》。艺术家？这怎么可能！在这所条件极其简陋的民工子弟学校，别说没有艺术家的子女，就连一个普通的城里孩子也不曾有过。本能的感觉是，这个孩子是虚荣心作怪，编故事。

好奇地读下去。孩子写道，我的父亲有一个很大很大的工作室，这里堆满了大小、粗细、厚薄不一的木头和木板，空气里弥漫着木头的香味，地上到处都是卷曲的刨花，而刨花下面，是泥土一样细碎的木屑,刨花就是这些木屑土上开出的花朵……

难道孩子的父亲，真的是一个民间雕刻家？忍不住好奇，继续读下去。接下来，孩子笔锋一转：没错，我的爸爸是一个木匠，但在我的眼里，他就是一个艺术家。

看到这里，他忍不住"扑哧"一声笑了，果然只是一个普通的木匠。

再读下去，他的笑容凝固了。孩子写道，爸爸是建筑工地上的一名普通木工，那些大楼里的很多木工活，都是爸爸做的，他靠自己勤劳的汗水，养活了我们一家。爸爸虽然只是一个木匠，但他心灵手巧，木头在他的手下，仿佛都有了生命。刚搬到出租屋时，我们家一无所有，很多东西都是爸爸亲手做出来的，比如我做作业的桌子，就是爸爸用工地上废弃的边角料做的，其中的一条腿，竟然是用四截短木棍连接起来的，每个榫眼，都严丝合缝，咬合在一起，整张桌子，甚至都没用一根铁钉。

孩子骄傲地写道，爸爸经常会带一两个小玩具回来，给我和妹妹，那都是他利用中午的休息时间，用碎木块做出来的。我12岁生日的时候，他给我做了一只木刻小公鸡，那是我的属相，至今挂在我的床头。有一次房东看见了，爱不释手，以为是从哪个精品店买的，他也属鸡。爸爸就也给他做了一个，还按照他们家每个人的属相，各做了一个木刻，现在都挂在房东家客厅的墙上。爸爸给我做过手枪，做过棋盘，做过文具盒，还帮我们学校修过桌椅呢。

最后，孩子写道，爸爸是建筑工地的木工，我没有看过他在工地上做的东西，但我想，那些住进大楼里的人，一定像我一样，使用过并喜欢上他做的东西。爸爸小时候穷，没读过几天书，不然的话，他一定会成为一个艺术家。不，在我的眼里，他现在就是一个艺术家，能让每一根木头说话，让每一片刨花唱歌的艺术家。

他的眼睛湿润了。他觉得自己差一点误解了孩子。不知道为什么，他的眼前，突然浮现出自己父亲的影子。在他的眼里，自己的老父亲只是一个老实巴交的农民，一辈子没有离开过土地，一辈子没有离开过穷困的村庄。播种，锄草，捉虫，收获，日复一日，年复一年。他忽然想，在那么贫瘠的土地上，老父亲养育了自己，这是多么厚重的一件事啊。

他想好了，就以孩子的这篇作文做范文，他要念给其他的孩子们听，并大声地告诉他们：你们的父亲，是环卫工，是垃圾王，是泥水匠，但也是艺术家，因为他们创造了生活，养育了我们。而这，是多么了不起的一件事情！

第三辑　无数次成为背景

每次旅游拍照，都会有很多陌生人，和风景一起，闯进我们的镜头。同样，在别人的照片里，也一定拍下了很多我们的身影。我不知道，自己在别人的照片里，会是怎样的表情？我希望自己也总是面带笑容，至少是平静安详的，让人愿意看自己一眼，并记着这个世界有这么一个陌生人，曾经和他友好地互为背景。

无数次成为背景

　　妻子对我说，拍一张她排队的照片吧。世博会每天吸引了几十万游客来参观，几个热门场馆，往往需要排几个小时的队。一早入园到现在，我们才参观了三个馆，大部分的时间，都不得不花在排队上了。

　　我往后移动了几个身位，这样可以拍下排队的全景。镜头里，全是排队的人头：男的、女的、老的、少的，黄皮肤的、黑皮肤的、白皮肤的，站着的、坐着的、蹲着的、斜靠在栏杆上的……炽热的空气，烤得人近乎窒息。每张脸都写着疲惫的神态。妻子努力挤出一丝笑意。我知道她已经很疲倦了，在高温下排这么久的队，谁都吃不消。

　　我赶紧摁下了快门。

　　回放照片，看看拍摄的效果怎么样。妻子的表情还算自然，就是有点掩饰不住的倦态，而周遭的脸庞，也几乎都是耷拉着的、疲惫的、无奈的神情，他们中的有些人，已经连续排了好几个小时的队，他们太累了。忽然，在密密麻麻的人头中，看见一张笑脸，就在妻子身后不远处。在众多疲倦不堪的神情中，这张笑脸显得如此平静，又如此突出。他为什么笑？在这样燥热拥挤的队伍中，他怎么还能笑得出？我抬起头，在人群中寻找。看见了，那张笑脸，他就站在我们前方不远处。从他的服装认出，他是一名志愿者。每个队伍中，都能见到他们的身影。

我们的队伍，向前移动了一点，我们走到了那位志愿者的身边。他的脸上，一直保持着浅浅的笑容。

队伍又停止不动了。我打开照相机，翻到刚才那张照片，拍拍他的肩膀，对他说，刚才我将你拍到我的照片里了。他侧过头，看看相机里的照片，笑笑。谢谢你。他说。我说，应该是我谢谢你，你瞧瞧，这张照片里，只有你笑得这么自然，发自内心。被我这么一说，他似乎有点不好意思了，仍然是浅浅地笑着，说：其实每天我都会无数次地被别人拍进照片里，人太多了，躲也躲不开，让也让不了，只能成为背景了。虽然游客们回家翻看这些照片时，谁也不会记得我是谁，但我还是希望他们看到的我，是微笑着的，我不希望自己成为别人照片里苦着脸的背景。

所以，你才总是面带微笑？我好奇地问他。

他点点头。除了这是工作需要外，成为一道快乐的背景，也正是我自己的愿望。

我冲他友好地笑笑，表达我的赞许。

忽然想起另一张笑脸来。上个月，我们去西藏旅游。在羊卓雍湖边，大家争着拍照留念。取景最佳的位置，站着几个藏民，牵着自家的牦牛，供游客骑或者作为背景拍照，每次象征性地收取一点劳务费。其中有个藏族大婶，牵着牦牛，默默地站在一边，也不晓得拉客。有人不远不近地站在她的前面拍照，"顺便"将她和牦牛也拍了进去。她不但不恼，还一直面带笑容，很配合的样子，高原红的脸上，牙齿显得特别白。我问她，为什么笑得这么开心？她用不太熟练的汉语跟我们说，因为我知道你们在拍照片啊。可是，因为他们不是特地和你的牦牛合影，所以，不会有人给你取景费的。她笑着说，没关系，但我还是要笑的，我不想自己在你们的相片里不好看。

那是多么纯净的笑容啊。

每次旅游拍照，都会有很多陌生人，和风景一起，闯进我们的镜头。同样，在别人的照片里，也一定拍下了很多我们的身影。我们只是偶尔地互为背景。这一辈子，我们几乎不太可能再遇见。有时候，看到照片里那些陌生的面孔，可爱的表情，我会哑然失笑。我不知道，自己在别人的照片里，会是怎样的表情？我希望自己也总是面带笑容，至少是平静安详的，让人愿意看自己一眼，并记着这个世界有这么一个陌生人，曾经和他友好地互为背景。

这个东西是甜的

　　他第九次，坐在了它的面前。

　　早晨睁开眼，他就看到了摆在桌子上的它，它的出现，使破旧的桌子，立即焕发出少见的光芒；昏暗的屋子，似乎也因此亮了很多。

　　他盯着它，咽了咽口水。不认识。但好像在哪里见过，电视或者电影里？老家有台电视机，是父母结婚时添置的，但因为大山里信号不好，收到的台很少，而且全是雪花点，根本看不清楚。电影看得就更少了，上一次看的电影，还是几年前的事情了，是县里的电影队下乡时放的。如果不是在电视或者电影里，那会在哪儿见过它呢？总之这东西从来没有在他们家出现过，整个村庄里也没见哪家有过啊。

　　"咕咚，咕咚"，他猛喝了几大口水，这使他发酸的嘴巴，显得好受些。他又一次盯着它。它会是什么东西呢？被切得四四方方的，分成几层，最上面一层，是白花花的东西，像雪花，又像棉花，还像奶奶搓衣时泛起的白沫。下面一层是赭褐色的，最后一层是油黄色的，像山里的石头。石头？他捶了自己一下，你可真傻，他对自己说，除了石头，你都想不出一点好东西来，石头是山里到处都有的东西，又坚又硬，心情不好的时候，你抬脚一踢，不是这块石子，就是那块石子。而此刻摆在自己面前的，看起来就柔软得不得了，它怎么会像石头呢？想到这里，他忍不住伸出一根手指，轻轻触碰了它一下。仿佛被电着了一样，他的手指，飞快地弹了回来。他没想到，这东西会这么软，又这么绵，而且还会灼人。

他看看那根手指，没有受伤，但粘了一点点那东西。他看着指背上粘的那东西，像做了贼一样，脸憋得通红。他将那根手指慢慢凑到鼻前，嗅了嗅，有一股味道，是他从未闻到过的。犹豫了一下，他伸出舌头，轻轻舔了舔指背上粘的那东西。

他一动不动。闭上眼睛。嘴巴微撅。眉毛跳动了一下。半晌，他睁开眼睛，舔舔嘴唇，眼睛眯成了一条缝。他被它震住了。

没错，这是他到城里几天来，最让他震撼的一个早晨了。那天，几年没有回过家的爸爸，不但回了家，而且还将他从爷爷奶奶家带走，带他到城里去看妈妈。妈妈和爸爸都在城里打工，两个人都几年没有回家，也没有见到他了。坐了一天一夜的车，他终于来到了爸爸妈妈打工的城市。比电视里还漂亮的城市，让他一下子着了迷。爸爸以前在电话里答应过他，只要考全班前三名，就带他到城里吃"啃的鸡"，爸爸说，那是城里孩子常吃的东西。他和小伙伴们也听过这个名字，为这个名字，他们还笑了好半天，"啃的鸡"，哪个鸡吃起来不要啃呢？不过，他没多少机会啃鸡，因为奶奶养的鸡是要下蛋的，而鸡蛋又是要拿去换盐巴的。爸爸听说他考了全班第二（事实上是全校第二，他没告诉爸爸，他可不是为了吃"啃的鸡"才好好念书的），那天，带他去吃"啃的鸡"。爸爸准备付账的时候，他一把拉起爸爸，跑了出去。他没想到，"啃的鸡"原来根本就不叫"啃的鸡"，最关键的是，吃一次"啃的鸡"，竟然要几十元钱，那可是他一个月的伙食费，他怎么能一次就将一个月的伙食吃掉呢？他对爸爸说，不吃了，那里面的味道，我闻着就想吐，你还是奖励给我一桶方便面吧，好久没吃过了。

想到方便面，他咽了口口水，真是个好东西啊，他想。他抬头看看墙上的钟，找了一个塑料袋，将那东西套上，然后拿起课本，打开。手指抵在嘴唇上。

爸爸妈妈终于回来了。妈妈拿掉塑料袋，没想到那个东西还完整地摆在桌上。妈妈告诉他，昨晚有个人家在饭店里为孩子过生日，买了好大一块生日蛋糕，没吃完，剩下好大一块，饭店经理听说她的孩子来了，就破例让她切下一快，带回家给孩子尝尝。快吃了吧。妈妈对他说。

这就是生日蛋糕啊。他的喉咙不自觉地咽了一下，他伸出那根手指，对妈妈说，我已经尝过了，这个东西是甜的。说着，他拿起筷子，夹起了大大的一块……

向谁低头

　　寺庙的后面，有一个山洞，洞并不奇险，但因为得了千年古刹的灵气，所以，吸引了很多游人香客。我们一行几个人，在拜谒了古寺后，得方丈指引，也入洞游览了一回。

　　洞不深，长不足百米，与全国各地的名山大洞比起来，简直不足挂齿，而且，一路平坦，几无沟壑落差曲折蜿蜒之美。往里走约二十米，前方豁然开朗，方丈停下来，对我们说，这里有几条叉路，大家可以选择。指指左侧，这边宽敞无阻，可以昂首阔步走过去。指指右侧，这半边的山洞，钟乳石和乱石垂挂，须低头、俯身、弯腰、曲膝，手脚并用，甚至连走带爬地过去。你们将作何选择？

　　大家都笑了，这有什么好选择的，肯定是从左侧的坦途走过去嘛。

方丈双手合十，你们且待我说完，再行选择不迟。方丈指着那些悬挂的钟乳石说，如果我告诉你们，这些钟乳石不是普通的石头，而是可以心想事成的心愿石呢？心愿石？大家都凑到方丈前，竖起了耳朵。方丈说，这正是本洞的奇妙之处。如果各位有什么心愿，从这些石头下面低头走过去，就可能事随所愿、心想事成。方丈一手捻珠，一手指着那几根钟乳石说，自左到右，悬挂着四根钟乳石，也就是代表四个心愿，分别为官运、财运、桃花运，最里面那根钟乳石，垂挂得最低，所以，它是全运石，有求必应。

这是真的吗？大家不禁又了看看垂挂的石头，要想从下面经过，必须低头弯腰。

心随愿走。方丈不置可否地说了句禅语。

犹豫了一下，胖子先走了过去。他吃力地弯下腰，低下头，本来就又短又粗的脖子，完全缩进了腋窝里。平时走路就四平八稳，最有官相的胖子，选择从官运石下走过。他的选择不出我们意料。从小他就对官场特别感兴趣，现在虽然还只是个普通办事员，但听说不久要提拔一个部门副职，对胖子来说，这是最关键的时期。

紧接着，戴着眼镜的瘦子从财运石下，慢腾腾低头走过。瘦子是我们中最有文化的，看的书最多，脑子最灵光，特别对股市财经有研究，可惜，一直没怎么赚到钱。谈了几年的女朋友下了最后通牒，催他买房结婚，不然就分道扬镳。如今这房价，买个婚房谈何容易？瘦子最近因此更瘦了。瘦瘦高高的瘦子低头从财运石下走过的时候，眼镜都差点掉了下来，让人为他捏一把汗。

个子最高的电线杆，毫不犹豫地低下头，从桃花运石下，贴着石尖穿了过去。我们都笑了。他是我们中的钻石王老五，每年都相亲无数，约会无数，就是没一个能成功牵手的。眼看着比他小的，都一个个娶妻生子，过上了幸福的家庭生活，把电线杆给急的如热锅上的蚂蚁。桃花运石尖锐地垂挂下来，尽管电线杆腰弯成了九十度，头几乎贴低到膝盖，但还是差点磕到了电线杆的头皮，可真够难为他的。

最后，大家都将目光投到了我身上。我这个年龄，升官、发财、撞桃花运，那都是不指望了，但是，孩子升学问题让我着急，老婆工作状况让我不安，父母年老体弱让我担忧……几乎每天，都有吃不完的苦、烦不完的神、操不完的心、求不完的爹爹拜不完的奶奶，如果能够有求必应，帮我将这些难题都解决了，那该多好啊。我走到全运石边，瞅瞅，整个石头快垂挂到地面了，要想过去，不但要低头弯腰，还得双手着地，爬过去。我捶捶腰，摇摇头，回到方丈边，从左边的大路，走了过去。

见我们都走过来了，方丈双手合十，对我们说，与其说这些石头是心愿石，不如说是试金石。你们在俗世中心里有什么愿望，就会向什么低头。这很无奈，也很现实啊。

　　大家面面相觑。忽然都转身看着我：他是个例外，不向任何世俗低头呢。方丈意味深长地看着我，我羞愧地低下了头，喃喃地说，其实，我很想从全运石下弯腰低头走过去，因为我在生活中遇到的困难，想得到的东西，想实现的愿望，实在太多了，只是我的腰前不久刚扭伤了，打了绷带，根本弯不下来，所以，我才没有向全运石低头，从下面走过来。

　　方丈叹口气，世事若是，低头也是无可奈何的事情啊。

改变世界的力量

儿子让他去城里住几天。儿子大学毕业之后，在城里找了工作，谈了女朋友，结了婚，现在，总算也买了属于自己的房子。这都是儿子自己努力的结果，他这个当爹的，基本上没帮上什么忙，除了当年供他上学之外。听说这几年城里的房子贼贵，一个卫生间，就远远超过他家四间大瓦房的钱，换句话说，即使他和老伴将乡下的老宅买了，连给儿子买个毛坑都不够。

城里他也是呆过的，那还是十多年前的事了。那时候，儿子刚考上大学，这可是整个村庄的骄傲。可是，高昂的学费，让他犯了难，靠土疙瘩里抠点钱，根本担负不起。不得已，他也进城了，加入了农民工大军。他没文化，又没技术，只能找最脏最苦最累的活，他扫过马路，帮人家看过仓库，做过扛包的苦力，在毒日头下挖过一个个坑，汗流浃背地踩过三轮车，最后，一个做包工头的老乡，将他领了过去，在老乡的施工队里做小工。老乡的施工队，盖了一幢又一幢楼房，眼看着一片片光秃秃的土地上，竖起一幢幢漂亮的房子，他眼睛都看直了，城里的房子可真漂亮啊。工友们见他看傻了的样子，跟他逗乐取笑，你也给儿子先买一套吧，这样，儿子将来毕业了留在城里，就算有个根了。他嘿嘿干笑几声，就他那点工钱，勉强供儿子上学用，年底了，连回家的路费，往往都得跟工友借，在城里买房子？下辈子吧。

还是儿子有出息，工作才五六年，就在城里买了房子，虽说房子很小，又破旧，是十几年前的老房子，听说还向银行贷了一大笔款，但到底在城里有了自己的窝，而且，人家银行肯将钱借给你，凭什么？说明你可信、有能耐、能还得起。他想，儿子在城里，这就算真正站住脚了。不像自己，虽然也在城里流血流汗打拼了三五年，可是连个小小的印记都没有。谁知道你也在这个城里生活了几年呢，施工队盖过那么多房子，但他不是瓦工，没砌过一块砖；不是木工，没刨过一根木；不是电工，没拉过一根电线……他只是个小工，搬来运去，扛东递西，几乎每一颗黄沙、每一粒水泥、每一块板材上，可能都留下过他的汗水，但仅凭这一点，就认为楼房是自己盖的，他可不好意思说。儿子大学毕业后，他就拖着疲惫的身子，回到了乡下，他太累了，身子骨已经不行了，而且，他也实在放不下地里的庄稼、圈里的牲口，还有厨房里的老伴。

又要进城了，这让他有点激动。他不知道，好多年过去了，城里变成什么样了？十几年前，新盖的楼房、高大的脚手架、睡过的低矮的工棚、黑乎乎的饭盒子……排着队从他脑海里闪过。忽然，有一抹浅浅的绿色，一闪而过。那么绿，那么翠，那么嫩。他想啊想啊，终于想起来了。对了，就是它，爬山虎。那天，在杂乱的工地上，他发现了一株爬山虎的幼苗，从一堆建筑材料中探出了几片嫩芽。他认得它，乡下到处都能见到它的影子，如果是在庄稼地里见到它，它会毫不犹豫地将它连根拔起，扔掉。可是，现在是在城里，在到处是砖头、水泥和钢筋的建筑工地上，这一抹绿，显得那么无辜，那么脆弱，也那么好看。他弯下腰，小心翼翼地将它连同边上的泥土，一起挖了起来。然后，他找到一幢刚竣工的楼房墙角，将碎砖碎瓦扒开，种了下去，并从工棚后面，为它弄来了几捧泥土，覆盖在它的周围。种下爬山虎不久，他们就搬到了另一个工地去施工了，他也慢慢忘记了它。不知道为什么会突然又想起它，也许那是在他看来，唯一带给这个城市的改变吧。这么多年过去了，那株当年的爬山虎，也许早枯死了，或者什么时候被人当作野草拔除掉了。

儿子在车站接到他，然后一起坐公交车，回儿子的家。城里的变化太大了，他完全认不得它了。

辗转来到儿子住的小区。是个老小区，房子都有点破旧了，很多房子的外墙，变得斑驳，与周边的新小区相比，显得有点寒酸。模模糊糊有点印象，但他不能确定，当年他们有没有在这个小区施工过。

儿子的家在二楼。只有一个房间，一个客厅，客厅还正对着另一幢楼的外墙。儿子没有足够的钱，买面积大一点，朝向好一点的房子。他拉开客厅的窗帘。他突然怔住了，只见对面那幢楼的墙壁上，爬满了爬山虎，从儿子家客厅的窗户望过去，郁郁葱葱，就像一片绿色的海洋。

他问儿子，对面墙上的爬山虎，是谁栽种的？儿子回答，听老邻居说，那幢房子刚交付时，就有了，也许是飞来的种子扎了根，也许是有人无意间种下的。也没人特别在意他，十几年下来，就爬满整面墙了。

他的眼睛，忽然有点涩、有点湿、有点热。他揉揉自己的眼睛，他不能确定，它就是自己种下的那株爬山虎，但他想，不管是谁种下的，它改变了一面墙，也改变了这个世界。

剪指甲

　　妈妈躺在破旧的靠椅上睡着了。妈妈睡得可真香啊，连他不小心拌倒一个小板凳，都没有将她吵醒。很少看到妈妈这个时间睡觉，平时这个时段，她不是在家里洗洗刷刷，就是忙着准备饷午卖的菜。妈妈下岗之后，在菜市场租了个摊位卖菜，一早一晚赶两个集市。今天，也许她太累了，也许是准备工作都做好了，她少有地躺了下来，而且竟然睡着了。

　　这是个好机会。他拿着剪刀，蹑手蹑脚走到妈妈身边。妈妈的手，垂搭在椅背上，黑黑的指甲盖，显得特别刺眼。

　　就在前几天的家长会上，他刚刚被妈妈黑乎乎的指甲盖刺痛过一次。家长会那天，妈妈特地换了身干净的衣裳，这丝毫也没有减少她身上散发的菜市场烂菜叶的气息，不过，他还是很感谢妈妈，他知道，妈妈难得穿得这么干净，就是为了不让他在同学面前丢脸，虽然说实话，他并不认为，妈妈在菜市场卖菜，有什么不光彩的。家长会上，妈妈听得很认真，好几次，当老师念表扬名单时，妈妈的脸上，露出了灿烂的笑容。他偷偷瞟一眼妈妈，心里在说，儿子没让你失望吧？

家长会快结束的时候，老师给每位家长发了一张征询意见表，让家长填写。妈妈双手拿起表格，仔细地看起来。突然，他无意中看见了妈妈的双手，天啊，她的指甲盖，又长又黑，好像被墨汁染过一样。他的脸骤然涨得通红。他偷偷瞄瞄身边，小丫妈妈的手指，又细又长，白白嫩嫩，指甲盖上，还涂着好看的色彩；小军爸爸的手指，又肥又厚，很不好看，但是，指甲修剪得整整齐齐，一看就是个有教养的人；就连坐在前面小齐的奶奶，手指也是修得干干净净。他不敢再看下去了。妈妈的指甲，特别是两个大拇指的指甲，那么黑，那么脏，那么难看，这让他无地自容，他怨恨地扫了妈妈一眼：儿子知道你很忙很累，可是，再忙再累，也不至于连剪个指甲的时间都没有啊。担心别的同学看到自己妈妈脏乎乎的手指甲，他几次示意妈妈将双手放下来，可是，妈妈似乎一点也不理解儿子的心思。没办法，他只好将身子夸张地往前趴，这样，至少能挡住一点别人的视线。

他不知道，那天的家长会上，有没有人注意到自己妈妈的指甲，但他打定了主意，等哪天找个机会，一定帮妈妈将那又长又脏又黑的指甲，剪了。

今天真是个好机会。妈妈睡着了，而且，双手就垂搭在椅背上，这样，剪起指甲来就省事了。

他轻轻地捧起妈妈的左手。很久没有拉过妈妈的手了，妈妈的手，粗糙，干涩，和记忆里妈妈的手，好像很不一样了。对，那时候，妈妈的手，也是保养得很好的，又白又软，细细长长，温温暖暖。他知道，妈妈是累的、苦的，手才变成这样的。他小心翼翼地用剪刀，将妈妈的指甲，一点点剪下来。为了不弄醒妈妈，他的每一个动作，都很轻柔。

很快，妈妈左手上最脏的大拇指指甲，剪好了，指甲根的肉芽，也被菜汁染得黑乎乎的。他想，等妈妈醒了，让她用肥皂好好洗洗，妈妈的指甲，就又干净漂亮了。这样想着，他继续往下剪。

谢天谢地，妈妈竟然毫无知觉。他想，妈妈真是太累了。

只剩下最后一个指甲了。这个指甲，好像被折断过，裂开了，还有斑斑干掉的血迹。他握紧剪刀，一用力。突然，妈妈的手指一哆嗦，醒了过来。难道剪到妈妈手指上的肉了？他吓得停住了手。妈妈惊讶地看着他，又看看自己的手指。妈妈什么都明白了。

他本来想等妈妈自然醒来，给她一个惊喜的，没想到功亏一溃，最后时刻把妈妈弄醒了。他握着剪刀，笑盈盈地看着妈妈。妈妈一定会疼爱地看着自己，表扬一下的。他等待着。

"啪！"妈妈一巴掌打在他的手上，"谁让你把我的指甲都剪了？"

他绝没有想到，妈妈会打他。他惊愕而委屈地看着妈妈。

妈妈愠怒地盯着他。他紧咬着嘴唇，眼泪在眼眶里打转。

妈妈一把将他搂进怀里：对不起，妈妈不该打你。可是，傻儿子，妈妈留着指甲，是用来剥毛豆的。你知道吗，卖一斤剥好的毛豆米，比卖一斤毛豆壳，能多赚两元钱呢。你把妈妈的指甲剪了，妈妈还怎么剥毛豆啊？

他抱住妈妈，眼泪哗哗地流了出来。

那天，他第一次陪妈妈去菜市场，帮她卖菜。他拿了一个盆子，蹲在地上，剥毛豆，没剥几颗，他的指甲盖里，就塞满了毛豆皮，变得绿乎乎的。而且，因为他的指甲很短，剥毛豆很疼。妈妈几次心疼地看着他，让他别剥了，他不肯停下来。

又有人来买菜了，妈妈微笑地忙碌着。他剥着毛豆，偶尔抬起头，偷偷地看一眼妈妈的双手。妈妈的指甲，被他剪得整整齐齐，妈妈的手，真的很好看呢。

但我仍然相信

　　熟人开了一家网店，盛情邀我去看看，并许诺，如果有什么中意的，一定以成本价卖给我。我去浏览了一下，并挑选了一件商品。熟人以低于标价三分之一的价格卖给了我。感动不已，熟人就是熟人啊，一下子让利近百元。几天之后，办公室同事也在网上购买了一件，与我的一模一样，而价格只有我的一半，最让我郁闷的是，同事购买的网店，正是我的熟人开的那家。我明白，我被熟人宰了。刀宰熟客，我已经不是第一次被熟人宰了。我再也不相信熟人了，但我仍然相信友谊，我相信这个世界上，人与人之间，一定还有真友谊在。

　　我乡下亲戚家的小孩，患有大头症，孩子瘦弱的身体，顶着一颗大大的脑袋，一点也不相称。一查，是小孩子喝的牛奶里，有三聚氢氨。在我的家乡，因为贫穷，很多小孩喝不起贵的牛奶，就喝那种便宜的，谁知道，便宜的牛奶里，搀了很多化学品。我的亲戚家并不富裕，但担心小孩子喝到不好的牛奶，伤了身体，所以，他们宁愿省吃俭用，也要给孩子买贵一点、好一点的牛奶，没想到，这样的牛奶里，还是有三聚氢氨。其实，我们吃的喝的食物，有几样是安全的、放心的？我再也不相信牛奶了，但我仍然相信奶牛，我相信这个世界上，一定还有奶牛吃的是干净的草，挤出来的是纯净的奶。

出差到某个城市，刚出火车站，遇到一个背着孩子的青年妇女，穿着很干净，讲话也很得体。她略带羞涩和忧伤地对我说，她的钱包被人偷了，她和孩子已经两顿没有吃饭了，希望我能帮她一把,给她和孩子买几个馒头吃。孩子趴在她的背上，已经睡着了，或者是饿昏了？我毫不犹豫地掏出钱包，拿出一张百元钞给她。她意外地接受了，连声道谢。我问她，钱够买回家的车票吗？她连连点头，表示马上就去买票回家。第二天办完了事，回到火车站的时候，惊讶地发现，那个背着孩子的青年妇女正在广场上，向一名刚下火车的旅客诉说着什么，我凑近一听，和对我讲的完全一样。我煞时明白了，这是她的行乞手段啊。我被骗过很多次，一次次上当，我再也不相信骗子的花言巧语了，但我仍然相信，这个世界上一定有人真的遇到了困难，需要得到帮助。

身体有点不舒服，去一家医院看病，医生在简单询问了我的情况后，给我开了一大堆检查单，包括血检、尿检、B超、心电图、CT、内窥镜、核磁共振等等。检查结果，一切都正常。医生又让我第二天去挂个专家门诊。专家看了我的各种检查单后，摇摇头，这些都是昨天检查的，需要再检查一次。于是，专家又开了一大堆检查单，包括血检、尿检、B超、心电图、CT、内窥镜、核磁共振等等。检查结果，仍然是一切正常。专家摇头晃脑地说，什么都正常，你却感到不舒服，说明问题很严重。于是，专家又请来了其他各路专家，包括肝胆专家、肠胃专家、妇科专家、心理专家、养生专家等等，对我进行会诊。会诊的结果是我可能患了前列腺转基因情绪转移性缺失症，需要住院治疗，预交住院费2万元。我没理会这些专家的话，回家好好睡了一觉，就完全康复了。我曾经被太多的"砖家"砸伤过，我再也不相信所谓的专家了，但我仍然相信这个世界上一定有真的科学。

是的，这个世界，让我不相信的东西，越来越多。因为我最欣赏的一对恩爱夫妻，被我看见男的在老婆住院期间，挽着一个年轻女子走进宾馆的大门，我再也不相信忠贞了；因为一些法官贪脏枉法，我再也不相信法官了；因为一些慈善机构，肆意挥霍善款，我再也不相信机构了……但我仍然相信爱情，仍然相信法律，仍然相信良知和善心。

不相信，是因为一次次被欺骗、被伤害、被羞辱，而之所以仍然相信，则是因为，我相信这个世界上，真善美仍然是存在的，它是一种内在的力量。我不相信天堂，但我相信有天使；我不相信有奇迹，但我相信我们能够创造奇迹。

而天使创造的最大的奇迹就是，即使今天，我们仍然相信。

生活的轨迹

　　拉着儿子的小手，从低矮的出租屋里走出来，她快活地对儿子说，想到哪儿去玩，今天妈陪你。

　　听说她的儿子从乡下来了，顾主特地给她放了一天假，让她带儿子好好玩玩。离开家出来做保姆两年多来，这还是第一次见到儿子，儿子长高了，都有点不认得她了。

　　她的脑子里，闪电一样过着一个个镜头，她想，一定要挑几个好玩的地方，让儿子尽兴地玩一玩。

　　她拉着儿子，沿着大街，一边走，一边想，到哪里去呢?

　　她在脑海里搜索着。第一个蹦出来的是少年宫。没错，那里是孩子的天堂，唱歌的、跳舞的、弹琴的、画画的、跟着洋人学外语的，五花八门，什么都有。两年来，每个星期六的下午，她都会准时陪着顾主的女儿，到少年宫来学弹琴。顾主的女儿长得惹人疼，琴弹得也好听，去年已经拿到了小提琴业余八级。每次顾主的女儿在里面学琴时，她就和其他接送的家长一样，坐在院子里的树阴凉下等，有的是爸爸妈妈，有的是爷爷奶奶，有的是外公外婆。家长们互相会聊几句，有人问她，你是陪女儿来练琴的吧。她没好意思回答，不置可否地笑笑。放学了，孩子们蹦蹦跳跳地出来，顾主的女儿向她走过来，她就接过顾主女儿手中的小提琴，背在自己身上，然后，一前一后地向顾主家走去。看着顾主家的女儿，她常常会不由自主地想起自己乡下的儿子，她想，要是哪天也能带自己的儿子来少年宫，学点东西，那该多好啊。

今天，儿子终于来了，她琢磨着，就带儿子去少年宫里转转，让儿子见识见识。少年宫的每一个角落，她都是熟悉的，熟悉的地方，让她有安全感。可是，带儿子进去干什么呢？她忽然犹豫起来，是唱歌、跳舞，还是弹琴、学画？她只有一天时间陪他，这一切似乎都不可能。

她摇摇头，算了，还是带儿子去游乐场吧。那里面好玩的东西很多很多，别说玩了，儿子连见都没见过，带儿子去那里玩，儿子一定开心。

每隔一两个月，顾主一家人，就会带上女儿，和亲戚朋友家的孩子一起，去游乐场玩。为了照顾这些调皮的孩子，每次顾主都会让她一起去。那些好玩的东西，她一次也没玩过，不过，很多名字，她都记熟了，摩天轮、海盗船、火箭升空……一个比一个惊险、一个比一个刺激，孩子们的尖叫声，让她的心也怦怦直跳。顾主夫妻俩会和孩子一起玩，这时，她就坐在一边，帮他们看管相机、手机、孩子的零食、衣服和包裹，她不时抬头仰望一眼高空，有时候会看到顾主一家正在向她挥手。她心里想，要是儿子进城了，自己就和老公一起，也来游乐园陪儿子玩，那该多开心啊。可是，老公眼下正在工地上扎钢筋，连着一个多月了，都没休息过一天，哪有时间陪儿子来玩啊。

　　想到这里，她又改变了主意，儿子这么瘦，还是带他去吃一顿好吃的吧。吃什么呢？几乎想都没想，她的脑子里就蹦出两个店铺：肯德基和麦当劳。

　　顾主家的女儿，每过一段时间，就嚷着要去吃肯德基，每次都是她陪着去的。还记得第一次去，她都不知道怎么点菜，好在顾主的女儿根本不需要她帮忙，一个汉堡、一对香辣鸡翅、一包薯条、一杯可乐……顾主的女儿顾自一口气报了出来。陪了若干次之后，现在，她对这两家店，也很熟悉了，像个老主顾一样。

　　那就带儿子去吃肯德基或者麦当劳吧，她正准备将这个决定告诉儿子，忽然又犹疑了。她记得，每次顾主家的女儿，简简单单吃一次，都要好几十元钱，快赶上她一天的工钱了。大女儿明年就要考大学了，老家的房子也该翻盖了，父母的年纪大了身体也不好……到处都缺钱呢。她忽然明白，那些看起来她已经适应并习惯的生活轨迹，其实仍然并不是她的。

儿子似乎看出了她的犹豫，懂事地对她说，妈妈，我们就在大街上随便逛逛吧。她咬着嘴唇，点点头。忽然，儿子发现，人行道上的地砖，都是网格状的，儿子激动地对妈妈说，我们来比赛跳田字吧。

儿子快乐地蹦蹦跳跳，一会儿就满头大汗了，他回头对她说，妈妈，我渴了，给我买根豆沙冰棍吧。

她再次点点头，眼睛里忽然涩涩的，不知道是汗，还是泪。

陪儿子『偷』看电视

下班，开门，进家。儿子的房门关着，推开儿子的门，只见儿子端坐在书桌前，桌子上凌乱地摊开一大堆书。看见是我，儿子道一声，爸，你下班啦？我点点头，问儿子，下午在家怎么样？儿子指指桌上的书，揉揉眼，伸了个懒腰，很认真地回答，按照你们的指示，一直在看书做作业。我赞许地摸摸儿子的头。

出了儿子的房间，我径直走到客厅的电视机前，摸摸机身，热的。很显然，电视机刚刚关掉不久，也就是说，儿子说谎了，他又偷看电视了。我无奈地摇摇头。

我和妻子都要上班，所以，放暑假后，平时白天，都是儿子一个人在家，为了让即将升入高三的儿子专心学习，我们和儿子约法三章，为了明年的高考，这个特殊的暑假，不准玩电脑，也不准看电视。电脑在我们房间，我们去上班的时候，将房门锁起来就可以了，电视在客厅，全靠儿子自觉了。可是，儿子并不自觉，有几次，我特地请假提前一点下班回家，就都捉了儿子现形。每一次被当场捉住后，儿子都信誓旦旦地保证，再也不看电视了，然而，一切如故。

我返身回到儿子的房间。逼视儿子，今天真的没看电视吗？儿子低下了头，看了，不过，只看了一会。我问儿子，看的是什么节目？儿子惊讶地看着我，可能是因为我竟然没有像以往一样雷霆大怒吧。儿子轻声回答，只看了半场足球赛。我问他为什么只看了半场？儿子小心而又一脸遗憾地说，要是整场都看完的话，不就被你们下班回家逮住了？我又问他，是哪场比赛。儿子告诉我，是西班牙对意大利，2012 年欧锦赛预选赛中的一场。说起足球，儿子兴奋起来，讲得头头是道。我知道儿子喜欢足球，这几年，被他踢烂的足球，就有三四只，都是他在小区的角落，对着一堵围墙一个人踢的。我们住的小区，他一个认识的同学也没有，而且，周边几公里，也找不到一个可以踢球的地方，他只能一个人对着墙踢踢。其实，现在的孩子，真的也挺可怜，根本就没有时间，也没有条件，有自己的爱好。我答应儿子，今天他偷看电视的事，就不告诉他妈妈了，免得妈妈又冲他发火，为他担心。

平静地过了两天。有天晚上，妻子应朋友之约，出门去了。我敲开了儿子的房门。儿子正在埋头做作业。我将儿子拉了出来。客厅的电视里,正在现场直播的皇马对广州恒大的友谊赛,刚刚拉开序幕。儿子诧异地看着我,老爸,你怎么也看足球赛啊? 我笑着说,当然啊,读大学时,我还是班里的足球队员呢。儿子似信非信地哦了一声,瞥了电视一眼,恋恋不舍地说,那你慢慢享受吧,我继续做我的作业去喽。我拉住儿子的手,对他说,我们一起看吧。儿子瞪大了眼睛,真的? 我坚定地点点头。儿子看看厨房,又看看我们的卧室,老妈呢? 我告诉他,妈妈出门去了,我们正好偷看一场比赛。儿子一屁股坐在了沙发上,老爸,快看,卡卡、迪马利亚、伊瓜因……C罗、C罗! 儿子激动得又喊又叫。

比赛结束了。我对儿子说,赶紧洗洗睡觉吧。儿子连连摇头,我不困,做会作业,再睡。我对儿子的背影说,再有三天,还有场皇马对天津泰达队的比赛,想看吗? 还可以看吗? 儿子扭头问我。我点点头,如果那天你妈妈不在家的话,我们就再一起偷看一下。儿子冲我打了个OK的手势,转身进了自己的房间。

第二天,下班回家,我摸摸电视机,凉的。

第三天,电视机,也是凉的。

那天晚上,很幸运,妻子又被朋友邀出去玩了。我和儿子如约坐在了电视机前,无比兴奋地打开了电视,皇马对天津泰达队的比赛,也刚刚开锣……

此后的几场值得一看的足球赛事,我和儿子都没有落下。

每一次有赛事的时候，妻子恰好都外出不在家，使我们能够顺利偷看，按儿子的话，真是如有神助。因为这个共同的秘密，我和儿子在这个暑假的后半截，变得融洽。我答应儿子，有好看的赛事，我都会一个不落地通知他。儿子也答应我，除了和我一起偷看电视外，再也不一个人在家偷看电视了。

开学了，儿子是住校生，我和妻子一起送儿子去学校报到，告别的时候，儿子和我偷偷地会心一笑。走出学校大门，我和妻子也会心一笑。

生活即作文

　　朋友的孩子，在全省中学生暑假作文比赛中，获得了一等奖。这大大出乎我们的意料，因为这孩子从小就不喜欢语文，尤其不喜欢写作文，他的作文水平，怎么提高得这么快？

　　几个同为孩子作文差而苦恼的家长，找到了这位朋友，道贺并取经。

　　朋友明白了大家的来意，拿出了厚厚一摞孩子这几年的作文本，让我们看。朋友告诉我们，自从上初中后，儿子的语文成绩，特别是作文水平，稳步提高，这得益于他的语文老师，也是班主任的张老师。不独朋友的孩子，张老师的学生，作文普遍写得好。朋友说，秘诀就在这些作文本里。

　　我顺手打开一本，是孩子初一的作文本。翻开，第一篇作文的标题，就吓了我一跳：《我为什么和王伟同学打架？》这哪里是作文啊，分明是一篇检讨书嘛。朋友笑笑说，没错，是检讨书，但也是作文，你可以仔细看看。我好奇地读下去。开头的字迹，有点潦草，隐约可见孩子当时的情绪，还没有完全平息下来。他写道："从我见到王伟的第一天起，我就预感到，要不了多久，我就非和他打一架不可，因为他太傲了！"别说，写得还挺引人入胜。读下去。原来这个王伟同学，小学时成绩就非常好，整个小学阶段，全是班长，所以，一开学，他就以班长自居，这引起了包括朋友孩子在内的一帮同学的不满。作文里还比较详细地记述了他和王伟打架的经过。后面的字迹，越来越秀气、干净，看得出，孩子写着写着，情绪慢慢地平静下来。但这也算是作文吗？更让我诧异的，是文后的红笔批语："文章有真情实感，条理清晰，对自己的剖析也很到位，但是，对打架过程的描写，还缺少细节，显得不够生动。加油哦。"

我问朋友，这批语是谁写的？朋友笑着说，当然是班主任张老师啊。这是孩子进初中后，写的第一篇作文。那次孩子和同学王伟打架后，张老师没有批评他们，也没有叫家长，而是让他们俩各写一篇作文，记述打架的经过，并进行反省。以前儿子写作文，三言两语，就没词了，那一次，洋洋洒洒写了一千多字，还意犹未尽，而且，作文还得到了老师的肯定，这是孩子完全没有想到的。

朋友示意我继续看下去。往下翻，看到一篇作文，标题只有一个字《疼》。朋友解释说，这篇作文是孩子一次生病，肚子疼，到医院看病的经过。这是作为请假条而写的。请假条？我不解地看着朋友。朋友说，是的，请假条。张老师对学生们说过，家中有事，或者自己生病不舒服什么的，都可以请假，而且不需要写请假条，只要打声招呼，并在事后补写一篇作文，记述自己生病的感受、看病的过程，或者事情的来龙去脉，就可以了。听朋友这么一解释，我也忍不住乐了，还有这样的好事啊。记得我们做学生时，要想向老师请假，必须搜肠刮肚找个适宜的请假理由，没想到做张老师的学生，只要交一篇作文就可以了。在这篇《疼》里，孩子的一句话，让我既心疼，又好笑。他说自己在坐公交车去医院的路上，因为肚子疼，佝偻着腰，像一个苦巴巴的小老头。他还描写那个疼，像是肠子在肚子里打了结，他写道，那一刻，真是恨不得扒开自己的肚皮，像解开绳子一样，解开那个结，那就舒服了。老师用红笔在这一段打了着重线，并在一侧写下评语：很同情你，也很钦佩你的幽默感哦。

一个作文本翻下来，除了几篇我们常见的命题作文外，大多是类似的即兴作文——有一篇写的是迟到的原因和经过，对路上堵车时的急迫心情，描绘得有声有色；有一篇写的是为什么上课走神，因为自己被窗外突然飞过的一只鸟吸引了，后面是一大段想象的文字，像长了翅膀一样；一篇写的是自己和一个女同学的矛盾，两个人的对白，以及女同学的神情描述，活龙活现……

另外几个作文本，也大致如此。朋友告诉我们，儿子读初中这三年，作文写了十几本，除了常规的课堂作文外，大量的作文都是由此而生：因为和同学打架，写过4篇作文；因为迟到或早退，写过7篇作文；因为有事请假，写过3篇作文；因为不遵守课堂纪律，写过6篇作文；因为吃零食，写过5篇作文……这些作文，不少是作为惩罚性的，唯一的要求是，每一篇都必须写得真实生动，与众不同，内容和感受都不得重复，而因为都是亲身经历，所以，孩子也有话可写。在每一篇这样的作文后面，张老师都会对作文进行点评，对孩子的行为进行点化。朋友感叹说，润物细无声，没想到几年下来，孩子不但喜爱上了作文，作文写得越来越好，而且，所犯的错误，也逐渐减少，以致到初三之后，基本上就没再犯过什么错，自然也没再被惩罚写作文，而他自己，却给自己下了任务，养成了每天写日记的习惯。

对这位未曾谋面的张老师，心生崇敬，他教会孩子的，不仅是写作文、爱作文、而是对人生的积极思索啊。

有人来敲门

打电话回家，告诉母亲，等会有人敲门，是来疏通下水道的，您招呼下。母亲喜滋滋地答应了。

放下电话，母亲赶紧去厨房烧水，泡好一壶茶，放那儿凉着。然后，母亲就会站在窗口向楼下张望，看看疏通下水道的人，有没有来。她能从来来往往的人群中，辨认出哪个人可能是上我们家来的。忽然，楼梯口好像传来了脚步声。母亲迈着碎步，赶紧去开门，打开门，门口却什么人也没有。母亲自嘲地笑笑，听错了。母亲回到窗台，继续张望，像每天黄昏，站在这儿守望我们一家三口回家的身影一样。

想象着母亲迫切地等待的样子，我微微苦笑。

母亲年岁渐高，让她一个人住在老家，实在不放心。年前，好说歹说，将母亲从遥远的家乡，接来和我们一起住。母亲一辈子住在乡下，很少出门，既不识字，普通话也不会讲。和我们住到一起后，母亲原本开朗的性格，反而变得闷闷不乐了。我知道，她这是不习惯、太寂寞。以前住在老家，东家串串，西家聊聊，一天很快就快乐地过去了。现在，住在楼上，周围的邻居，一个也不认识，整天锁在家里，就跟坐牢似的。我们这是个新小区，老人本来就不多，而且，讲的都是本地方言，母亲与他们根本无法交流。只有晚上我和妻子下班或者儿子放学回家了，母亲才能和我们讲讲话。她的一天，该多孤寂啊。

为了给母亲消愁，我想请个保姆，这样，家务活有人做了，母亲不用太劳累，而且，白天家里有个人，陪着说说话，母亲也不会寂寞。可是，母亲却坚决不答应，她坚定地表示，有她在，就绝不需要请保姆。这招不行，我又给老家的亲戚打电话，希望他们经常过来玩玩，看望母亲。可是，路途遥远，往来一趟很不方便，亲戚们也是爱莫能助。

除了每天一下班就匆忙赶回家，我不知道，还能为母亲做点什么。

那天，家里的空调出了毛病，维修部答应派人上门维修，放下电话，我赶回家。用钥匙打开家门，只见母亲正和一个陌生小伙子坐在客厅，开心地聊着什么。见我回来了，母亲指着陌生人，兴奋地对我说，还有这么巧的事，你找来的维修工，竟然是俺们的小同乡呢。陌生人站起来说，空调没什么大问题，已经修好了。一口很浓的乡音。我诧异地看着他。一问，还真是老乡，他的家，离我家的老宅，只有十几公里远。他告诉我，他来城里打工已经好几年了。母亲硬要留小伙子在家中吃饭，小伙子推辞还有别人家的空调要修理，母亲只好作罢，又拿了两个苹果，硬塞给小伙子。那天，母亲显得那么开心。我没想到，一个偶然遇到的同乡，一句浓浓的乡音，竟让母亲如此激动、如此开怀。

　　我忽然想到了一个办法。我知道，在这座城市，有不少从我的家乡来的打工者，他们分散在这个城市的各个角落：有的在企业里上班，有的自己开小吃店；有的是送水工，有的是维修工；有的帮人搬家拉货，有的是沿街叫卖的水果小贩。说实话，以前，我真的没怎么留意他们，只是偶然从他们的口音中，猜想他们可能来自我的故乡，然后便一笑了之。虽然如今同在一个城市，我们却生活在完全不同的轨道上。我离开家乡已经二十多年了，家乡的人和事越来越模糊。因为母亲的缘故，我忽然发现，他们的口音这么熟悉而亲切。

　　几天之后，我在一家家政公司偶然遇到一个水管工，一问，是老乡。想起家中的下水道不是很通畅，我请他有空的时候，上门帮着疏通一下。一定得你亲自去哦，我再三叮嘱他。

　　给我办公室送桶装水的年轻人，一问，是老乡。我让他再给我家里送一桶。也不忘叮嘱他，一定得你亲自送哦。

　　有天，路上遇到一个踩着三轮车卖盆景的，一问，是老乡。我买下了两个盆景，又给他加了点钱，请他帮我送上门……

　　每隔几天，就会有一个操着一口乡音的人，去敲我的家门。我会提前打个电话回家，告诉母亲：等一会，有人敲门，那是来送水的；有人敲门，那是来送花的；有人敲门，那是来修理电器的……

　　我知道，我的老母亲，她会早早地沏好茶，让他们喝个够；她会惊讶地发现，来的又是老乡，讲的话听起来多顺耳啊，于是，她会唠唠叨叨地和他们讲个不停，于是，家中到处都是软侬的乡音；她会用浓浓的家乡话叮嘱他们，常来走走，看看俺这个老婆子哦！

懒人家的雪

　　在中国雪乡，几乎每一片雪，都是一道风景。雪乡的雪，积在一起，或状如巨大的蘑菇，或貌似憨厚的海龟，或形犹奔竞的骏马，或静若安卧的白兔……喜欢拍照的你，随便往哪一站，身后的皑皑白雪都会衬给你一个惊艳的背景。

　　不过，导游一定会告诉你，如果想拍到最迷人的雪景，你必得去"懒人"家的小木屋。"懒人"家的木屋顶上，有最厚实的积雪，最厚的时候，能有一米多高；"懒人"家的后院，有最纯静的雪地，如镜的雪地上，每一粒雪都恰到好处地停留在自己的位置上；"懒人"家的屋檐，厚厚的雪挂，一直拖到地面，成了最丰韵的雪尾巴；"懒人"家的木栅栏上，积雪凝聚成厚实的蘑菇、富态的白菜、丰腴的伞屋……走进"懒人"家被层层积雪拥围着的小木屋，犹如走进一个圣洁的童话世界。

　　一批批游客，被白雪牵引着，走向"懒人"家。

　　我也是循着雪的足迹，走进了"懒人"家的小木屋。果然没有让我们失望，"懒人"家的雪，比我们在雪乡别的人家看到的雪，更厚实、更洁净、更天然、更完美。

　　一个问题萦绕着我：同样在雪乡，难道雪更青睐"懒人"家吗？

　　导游笑了，当然不是，老天不会为"懒人"家多飘落一片雪。那么，为什么"懒人"家的雪，要比别地显得要更厚实更干净呢？导游说，这也正是"懒人"的由来。

　　导游给我们讲了"懒人"家小木屋的故事。

　　雪乡几乎在一夜之间出名之后，全国各地的游客纷纷慕名而来，蜂拥而至的游客，为偏僻闭塞的雪乡带来了滚滚财富。寂静的山村一下子热闹起来，全村一百多户家庭，几乎家家垒起了新炕，打扫干净门前的雪，办起了家庭旅馆，招揽游客。游客们住在村民家中，睡农家炕，吃东北小菜，堆雪人，打雪仗，其乐融融。有的村民，还推出一些特色游玩项目，诸如马拉雪地车、狗拉雪橇、雪地摩托、滑雪圈等等。总之，村民们从中获取了巨大的经济收益，很多人家奔向致富的大道。

　　只有"懒人"家，毫无动静。"懒人"既没有多垒一个炕，以招揽游客，也没有去开办任何一个游玩项目，挣点外快。在大家竞相揽客生财的时候，"懒人"却双手拢在袖子里，安静地旁观着大家忙碌奔竞的身影，甚至连家门口的落雪，都懒得清扫。不但不扫，"懒人"对落在他们家的雪，都视若珍宝，倍加珍惜，不容许任何人动哪怕一粒雪。于是，从入冬以来的第一场雪，落在"懒人"的院子里开始，它们就再也没有移动过一步，一场雪，又一场雪，积起一层，又积起一层。层层叠叠厚厚实实的积雪，最终像一个朴素的白套，将"懒人"家的小木屋、"懒人"家的后院、"懒人"家的木栅栏包裹、堆积、成形。终于有一天，一个爱好摄影的人，循着白雪的踪迹，找到了"懒人"家的小木屋，如此圣洁、如此安静、如此完美，若处子一样的白雪，将他彻底震撼。"懒人"家的小木屋，成了热闹的雪乡，唯一一个被完整保存的雪地院落，成为绝景。游客纷至沓来。这时候，人们才恍然明白，"懒人"实则不懒，他只是智慧地与雪融为一体。

"懒人"姓阎，在"懒人"家的院子里，我没能见到他，听说这几天，他又独自一个人跑进林海雪原里去了，他想看看，雪落在一个完全没有人迹的地方，会形成怎样的景致。也许，明年去雪乡的人，能在他家的院子里，欣赏到另一幅自然飘落天然形成的雪景。

走出"懒人"家的小木屋，到处是热闹的游客，疾驶的雪地摩托、喔喔叫的拉雪橇的狗狗、叫卖土特产的高音喇叭声，以及空气中弥漫的马粪的味道。盛名之下的中国雪乡，据说每年要接待几十万游客。热闹的雪乡，正在一点点失却它固有的安静和冷艳的韵味，"懒人"家小木屋顶上的雪，安静而无奈地注视着这一切。

特价菜

单位边上有家中式快餐店，一位老乡开的，我的中饭都是在那里吃的。

每顿饭，我都是点一份荤菜、一份素菜、一个汤、一碗饭，十几元钱、十几分钟就解决了。附近还有几家快餐店，几家店菜品差不多，价格差不多，环境差不多，就连装修风格也差不多，所以竞争异常激烈。快餐店的客人，以周边单位的上班族居多，每个人的消费水准，基本上也都差不多，两三份菜，十来元钱，偶有三五结伴的，围坐在一起，点七八份菜，也就三五十元。来这儿吃饭的，都是图个快捷、方便、实惠。

那天又去吃午饭。因为有事耽搁了，去得迟了点，已过了高峰期，顾客不是很多。我照例点了两份菜一个汤。找了个空位子，坐下来，一边慢慢地吃，一边无聊地张望，看有没有熟人。没有。却意外地注意到了一个坐在我斜对角的人，中年，黑瘦，穿着已经辨不出本色的工服。他的面前，只有一份菜，青椒土豆丝，那是快餐店本周的特价菜，每份只要2元钱。特价菜是老乡的快餐店推出的竞争手段之一，每周都会推出一道，这周是青椒土豆丝。他埋头吃着饭，狼吞虎咽，一会儿，一碗饭就吃完了，桌上的菜，竟然还剩下一半多。他站起来，又去盛了满满一大碗。和所有的快餐店一样，老乡的这家快餐店也是只要花一元钱买一份饭，就管吃饱，添饭不用花钱。

我也低头吃饭，尽量不去看他，以免引起他的不适。才吃了几口，见他又站起来，去盛了大半碗饭。看得出，他是干体力活的，饭量大得惊人，不过，就那么一份土豆丝，他竟然能吃下三碗饭，才更令人刮目。我甚至替开店的老乡想，要是都像这个顾客，老乡的这个店，怕是撑不下去。

晚上要临时加班，懒得来回跑，我决定还是就近去快餐店解决下。来吃晚饭的顾客不多，买好饭菜，我又找到中午坐的位子。刚坐下，惊讶地看见，斜对面的位子上，埋头吃饭的中年人，黑瘦，穿着看不出本色的工服。这不是中午看到的那个人吗？更让我惊讶的是，他的面前，还是只有一份菜，特价菜青椒土豆丝。他埋头吃得正香。

好奇心促使我此后几天，都留意了一下，有时候能看见他，那个黑瘦的中年男人，他的面前，也永远只有一份青椒土豆丝。中午是的，晚上也是的，今天是的，明天还是的，直到下周新的特价菜推出来，才换掉。不独他，一留意我才发现，还有好几个人，都是民工模样，也都是只点一份特价菜，一碗饭。一连很多天，都是这样。我的心里酸酸的，我知道，他们挣钱不易，连吃饭的钱都一分一分地抠下，然后寄回老家，供孩子上学、老人看病，或者攒着盖房子。可是，我又替开店的老乡揪心，他从乡下跑到城里来开这家快餐店，也殊为不易，至今还贷着十几万的银行款呢。

一直想找个机会，提醒下开店的老乡，想个周全的办法，解决这个问题。可是，每次看见他，都混在伙计堆里，忙前忙后，似乎连停下来说句话的时间都没有。

月初的一天，又去快餐店吃中饭。惊奇地看见，挂在柜台前的特价菜牌子换了，原来写的是本周特价菜，现在改成了每日特价菜。我问服务员牌子是不是写错了。服务员笑着说，没错啊，我们老板是将每周特价菜，改成了每日特价菜啊，从今以后，每天我们都会推出一份不同的特价菜。

店老板在人群中穿梭忙碌，如果不认识他，你会将他当成一个跑堂的小伙计。他的脸上挂着笑容，从我面前匆匆走过的时候，冲我点了点头。看着他挂在脸上的汗珠，我恍然明白了他的心意。

我埋头吃饭，饭很香。

打电话

看到他，话吧的小老板冲他笑笑。每隔半个月，他都会来这个话吧，给家里打个电话，话吧的小老板都认得他了。

他照例走到 3 号电话机前。每次他都是用这部电话打电话回家的，没有别的原由，只是因为这部电话的计时器最清晰，使他能够准确地控制通话时间。

他为此都有点难为情。

这个话吧，长途电话 3 毛钱一分钟。他打电话，时间基本上都控制在一分钟之内。电话拨通之后，他总是左手握着话筒，右手就搭在电话机的收线开关上，当计时器的指针跳到 59 秒的时候，他的右手会及时、准确、快捷地摁下去，时间正好卡在一分钟内，这样，他只需要交 3 毛钱的话费。在第一次打电话回家的时候，他就跟老婆讲好了，通话的时候，有什么事情抓紧讲，如果电话突然断了，那说明时间到了，一定是他主动挂断的，因此，她既不要担心，也不用等着他再打回去。

他的火候，总是把握得恰到好处，不多不少控制在一分钟内，绝不超时，也绝不浪费一秒钟。不过，也有马失前蹄的时候。那天，他又来打电话，"儿子听话吧？""听话。""爹娘身体好吧？""好着呢。""你也好吧？""也好着呢。""稻子快收割了吧？""是啊。""你别太累着。""恩。"例行的几句话说完了，时间也就差不多了。他又随便问了一两句。这时，计时器跳到了59，他的大脑毫不犹豫地下达了指令，指挥右手，摁下了收线开关。奇怪，计时器并没有像往日那样立即停住，而是又往后跳了三格，才慢腾腾地停住。顿了顿，他抬起左手，狠狠地给了右手一巴掌，嘴里愤怒地嘀咕着：今天多干了一点活，你就哆里哆嗦了，连个开关都不能及时摁下去了，真是个废物！那次打电话，破天荒地交了两分钟的钱。平时晚饭吃的是一元钱三个馒头，那天晚上，他花了7毛钱，只吃了两个馒头，硬是把那额外损失的三毛钱，找补了回来。

还有一次，他足足打了40多分钟的电话，连话吧的小老板，都诧异地看着他。那天，他抱着话筒，不停地用方言叽里咕噜说着什么，一会儿着急，一会儿愤怒，一会儿叹气，一会儿哽咽。话吧的小老板断断续续听明白了，原来是他的儿子不知道为什么闹着不肯上学了，他在电话里，一会儿劝儿子，一会儿对老婆嚷，一会儿不知道对谁吼叫着。一直讲了43分钟！到吧台交费的时候，他的嗓门嘶哑了，眼圈红红的。12元9角，话吧的小老板只收了他10元钱。他像是对话吧小老板说，又仿佛是自言自语：不读书了，还有什么指望？我拼死拼活地在城里打工受累，还有什么用？小老板同情地问他，说服儿子了吗？他无力地点点头。

除了这仅有的两次，每次，他都将通话时间，恰好控制在一分钟内。其实打电话回家，也没什么要紧的事情，他就是想听听老婆的声音，有时候儿子放学回到家，也正好听听儿子的声音。听到他们母子的声音，他就心满意足了，他可不想把更多的钱浪费在这上面，他要一分一分攒下钱，留给儿子上大学呢。想到这里，他总能在59秒的时候，及时、准确、快捷，也狠心地摁下电话，而不管自己或者老婆是不是正在说着话。

这也没什么难为情的，他想。不过，今天，他决定再破例一次。他左手拿起了话筒，右手习惯性地搭在了收线开关上。意识到了什么，他将右手挪开了。他的嘴角，露出一丝掩饰不住的微笑。电话通了。"儿子听话吧？""听话。""爹娘身体好吧？""好着呢。""你也好吧？""也好着呢。""花生播了吧？""是啊。""你别太累着。""恩。"例行的话说完了，看样子，家里一切正常。犹豫了一下，他神秘地对老婆说，"今天……"

"嘟，嘟嘟——"电话忽然挂断了。他惊诧地看看话筒，又看看自己的右手，自己没摁收线开关啊。迟疑了片刻，他明白了，一定是老婆那头将电话挂了，她也已经习惯在59秒的之前，将该说的话说完，然后，及时、准确、快捷地挂断电话。

　　"这个傻婆娘，"他笑眯眯地对话吧小老板说，"她不知道，我今天有喜事要告诉她呢，她竟然挂断电话了。"小老板好奇地看着他。他说，今天，我们工地上，有个工人爬到了100多米的吊车上喊，如果老板再不发工资，就自杀。小老板眼睛瞪圆了，这算什么喜事？他笑着说，这当然不算，可是，这事惊动了市里的领导，他们找到老板，责令他将拖欠我们的工资立即全部补上，并且，给我们每个工人，发了50元的高温补贴。

　　付了3毛钱电话费，他摸摸口袋，对小老板说，我马上到对面邮局，将钱汇回去，让咱那傻婆娘高兴高兴。走到门口，话吧的小老板还听到他的自言自语，傻婆娘，你可真小气，你不挂我的电话的话，不是马上就能知道这个好消息了？现在，你只能等到收到汇款单的时候，才傻乎乎地笑了。

您请坐吧

　　下午 2 点多钟，一天中最热的时候。空调公交车缓缓进站停住，走上来一位五十来岁的男人，头上戴着安全帽，脚穿一双沾满泥浆的雨靴，整个后背都被汗水湿透了，一看，就是在工地上干活的民工。车厢里乘客不多，很多座位都空着。他四周看看，迟疑了一下，然后，轻轻地坐在了公交车内的台阶上，台阶太窄，他只能侧身勉强坐下。而就在他的身后，有三个舒适的座位，是空的。

　　这张拍客随手拍下的照片，很快在网上被疯狂转发，并引起了持续的热议。看了心酸、想哭、难过，令人感动、钦佩、尊重……几乎所有的网民，都表达了他们在看到这张图片，或者说是这样一幅场景之后，所发出的内心深处的声音。说实话，网民的态度，更让人欣慰和感动，这说明普世的价值观念，并没有错位，或被颠倒。人同此心，这很重要。

但也有人发出疑问：如果这位农民工大哥，一身汗水和泥浆地走上公交车，然后，一屁股坐在干净的座位上，情形会怎样？

这是个有点残酷的设想，但你不可否认，在现实生活中，我们常常会遇到类似的一幕——

他坐了下来。坐在他左边的妇女，扭头看看他，下意识地将身子往边上挪了挪，并将自己的衣角往身上拢了拢，以离他远一些，再远一些。是的，他身上的泥浆和汗水混合在了一起，足以将触碰到的任何洁净的东西弄脏。

他坐了下来。坐在他右边的年轻人，皱了皱眉头，腾地站了起来，摇摇头，走开了。他身上的汗馊味，真的是太重了，重到你呼吸一口，都会反胃。公交车上的空调，又将这股怪味，四处吹散，于是，原本清凉的空气里，到处飘浮着他身上的异味，让人窒息。

他坐了下来。坐在他后面的人，厌恶地拧着眉，她用一只手捂着鼻子，一只手作扇状，呼哧呼哧地扇着。其实也扇不出什么风，那点小风，反而将周边污浊的空气，搅和到跟前来。不过，她还是很夸张地扇着，不停地扇着，她的不满的情绪，很清晰地在空气中震荡。

他坐了下来。坐在他对面的一位中年乘客，憋了半天，终于忍不住站了起来，径直走到他的面前，用手指着他说，你身上这么脏，怎么能坐在这么干净的座位上呢？你坐过之后，后面的乘客，还能坐吗？请你自觉一点！

他坐了下来。他努力蜷缩着，以使自己小一点，不要触碰到别人；他夹紧胳膊，以使自己胳肢窝里的汗臭，不要飘散出来；他低下头，以避开众人的眼神，但从眼睛的余光里，他已经看到全车人对他的反感和厌恶。如果不是在工地上干得太累了，他宁愿走路，也不愿坐公交车；即使坐了公交车，他宁愿站着，也不坐着。可是，可是，他想自己买了车票，自然也可以坐着，但他感觉到，虽然坐在坐位上，却一点也不舒适，反而如坐针毡。于是，他的身子慢慢地往下滑，往下滑，直到从座位上完全滑下，屁股最后落到了台阶上……

后来，他一上车，就自觉地找了个台阶坐下，安静得像只受伤的猫一样。这时候，所有的人才发现，他真自觉，他真善良，他真淳朴，让人看了心酸、想哭、难过、令人感动、钦佩、尊重……

可是，自始至终，似乎并没有人关心，坐下，这本来就是他的权利。如果你觉得他真的与你平等，那么，他就不该被歧视，也不该被特别在意。

在所有的跟帖中，我最喜欢这样一句话："您请坐吧。"平静，安详。以您认为合适的和舒适的姿势，坦然坐下，就像在您自己家中一样，就像坐在这个车上，所有其他人一样。

走路的人，
才迷路

几个好朋友，相约去拜访一位大师，他们都有太多的迷茫、太多的困惑、太多的无奈，需要大师的点拨，帮他们破解。

大师让他们一个个陈述。

甲说，我感到自己真是倒霉透了，做什么事情都不顺。早几年，我将辛辛苦苦积攒了十几年的血汗钱，拿去投资办厂，做外销加工。刚开始的时候，效益还不错，可是，没过多久，赶上全球金融危机，外贸生意一落千丈，我的订单也跟着泡汤了。厂是办不下去了，我研究了一下市场，某个品牌的化妆品销路很好，于是，我将开厂剩下来的钱，全部拿去开了一家专卖店。还别说，化妆品真好卖，生意很火，我盘算着要不了两年，就可以将办厂时亏的钱，挣回来了。我没高兴几天，突然发现，来店里的顾客突然变少了，后来我一了解，原来网上开了很多家网店，他们的成本低、投入少，因而，价格也比我的专卖店便宜不少，很多顾客就这样被吸引走了。专卖店开不下去了，我也索性开了家网店，但我的网店比别人开的迟，也没有没竞争优势，就这样，现在半死不活地维持着。

甲神情颓丧地说，我不是不努力的人，也不是怕吃苦的人，为什么我总是一次次遭受失败的打击呢？现在，我都不知道何去何从了。甲看着大师说，我该怎么办呢？

乙接过甲的话头说，我虽然不像甲那样，屡次遭受失败的重创，但我也很迷茫。大学毕业后，我进了一家工厂上班，先从车间工人做起，后来一步步走到技术管理岗位，收入也增加了不少。照说，就这样干下去，也没什么不好，但我不满足这样简单枯燥的生活，这里也不能将我在学校学习的东西派上大用场，所以，干了两年，我就重新拿起课本，复习考研，幸运的是，我考取了。读了三年研究生，以为能找到一个发挥我特长的研究所什么的，实现我儿时当科学家的梦想。没想到，这几年高校扩招，大学生就业很难，研究生也不例外。联系了很多家单位，都没成功，我索性和几个同学一起，自己创业，开办了一家技术服务公司。但因为我们没有什么社会关系，又不懂得与人拉关系套近乎，所以，拓展业务很艰难，别说公司的发展壮大了，现在连基本的运作，都快难以为继了。

乙垂头丧气地说，都说知识改变命运，为什么我们掌握了更多的知识，却将人生的路，越走越窄呢？我们不怕遭遇困难，不怕面对挑战，但现实又真的让我们很迷茫。

丙叹了口气，对大师说，别人都说我是一个爱折腾的人，我也觉得自己确实不满足于现状，总试图改变自己。我原来在一家机关工作，是人人羡慕的公务员，但我对朝九晚五的单调生活，一点也不感兴趣，所以，我主动辞职，下海经商。做了几年生意，也赚了不少钱。有一天，我忽然觉得，难道我来到这个世界，就是为了积累可怜的财富的吗？那样的话，人生多么无趣啊。于是，我不顾家人和朋友的反对，毅然将店铺低价盘给了别人，而去拜一个画家为师。不瞒您说，从小我就有艺术天赋，只是后来家人逼迫考学，才不得不将我绘画的爱好放弃了。当我重新拾起画笔的时候，却发现，画笔变得有千钧之重。虽然我也能模仿一般的画作，但是，显然缺少艺术应有的灵气，照这样画下去，我顶多成为一个画匠。我放弃了一切，重新拾起儿时的梦想，难道只是为了成为一个画匠吗？我当然心有不甘，但我又苦于找不到出路。

丙痛苦而无奈地说，我这样折腾来折腾去，反而是自己越来越迷惑、越来越无措。我所做的这一切，到底值不值得？人生到底应该怎样，才算完美呢？

三个人都将自己面临的困惑，叙说完了。大师看着他们，问他们：你们现在都很迷茫、很困惑？

三个人点点头，是啊，我们现在都很迷茫、很困惑。

大师又问：我听出来了，你们都是因为不满足现状，而一次次挣扎，试图通过自己的努力改变现状，只是似乎一时都还没有找到适合自己的道路，所以才陷入迷茫困惑之中的。是这样吗？

对啊，好像越努力，景况反而越糟糕。我们今天来，就是想知道，自己的选择是不是正确的，自己的努力到底是不是值得？希望大师给我们指点。

大师指指身后的山峰，对他们说，今天早上，我在山上晨练的时候，遇到一个人问路，他是要爬上山峰看日出的，却在山间迷了路，转来转去，又回到了起点。我告诉了他上山的路。我要告诉你们的是，只有走路的人，才会迷路，一个原地不动的人，永远不会迷茫，也永远不会迷路，当然，结果是也永远不可能爬上山顶，看到日出。你们几个，都是走路的人，现在你们看起来有点迷路了，但只要坚持走下去，就一定能找到一条上山的路，就一定能够看到辉煌的日出。

听了大师的话，三个人释然了，心头的迷惑和困顿，豁然开朗。是的，只有走路，才可能迷路，而只要坚持走下去，总会找到属于自己的人生道路。

来得快的，去得也快

春节回乡，和三叔三婶聊起村里的近况。

三婶说，和你一起长大的，现在就数小狗子混得最好了，去年他买了一张彩票，中了一百多万，发了。这个数字，对村民来说，几辈子也挣不来。三叔听了三婶的话，却直摇头，他那个钱，来得快，去得也快，不信，你们等着瞧。

小狗子是小名。从小就机灵，却不怎么肯吃苦，所以，初中没毕业，就辍学了。家人让他学了木匠手艺，嫌累，没满师，又放弃了。种的两亩庄稼地，人家施农肥，勤耕勤种，他简单，种子撒下去，再撒点化肥，就不管不问了，杂草长得比庄稼还茂盛，顶多再撒几把除草剂。收成少不说，几年下来，地板结了，栽下去的秧苗，跟他一样枯黄消瘦。他索性将地抛了荒，进城去了。也不好好打工，东一榔头，西一棒子，三天打鱼，两天晒网。和他一起进城打工的人，都攒了钱回家，盖房子娶媳妇，他什么也没落下，快三十了，都没钱结婚。

没想到，整天做着发财梦的小狗子，还真就发了，中了一百多万的大奖。大家都热情地为他盘算着，拿多少钱盖房，拿多少钱讨媳妇，拿多少钱留本做生意。中了大奖的小狗子，穿上了名牌，抽上了好烟，甚至买了一辆小轿车，副驾驶上坐着一个漂亮的姑娘，两个人亲热得村民瞅一眼都脸燥。房子盖到一半，小狗子忽然不见了，据说是和漂亮姑娘一起去港澳游了。一个多星期后，小狗子和漂亮姑娘一起回到了村庄，人又瘦了一圈，据说是玩到澳门，禁不住诱惑，走进了大赌场，两天两夜才出来，身上的现金输得一干二净不说，带去的一张银行卡，也支空了。好在为了盖房子，家里还留下了二三十万。在家憋了三五天，一天，小狗子接了一个南方来的电话，是他在城里时认识的一个南方人，盛情邀请他到南方某地去发展。小狗子将盖了一半的房子停了工，带上所有的余款，携漂亮姑娘一起连夜去了南方。

一个多月后，小狗子再次出现在村庄时，是孑然一人。又黑又瘦的小狗子，比他抛荒的地里的野草还憔悴。他自己说是去南方投资不慎，血本无归。消息灵通的人士说，那个约他去南方的朋友，是开地下六合彩庄的。小狗子将他手中的钱，一次次拿去买了地下六合彩，期望再次出现奇迹，中个大奖。大奖没中，手里的钱，全流进了庄家的腰包。

清明我再回乡时，村里到处流传着小狗子大起大落的故事。小狗子买彩票中的一百多万，在短短半年不到的时间里，就散失得差不多了。有人叹着气说，那么多钱啊，就算是一天花一百元，也够他花好几十年啊，竟然那么快就败光了。说这话的村民，一家四口人一天花不到 10 元钱。有人为小狗子算了账，除了盖了一半的房子，以及一身已经显得不合身的名牌，加上那辆没钱加油的小汽车，小狗子什么也没剩下。

三叔摇着头说，我早说过，来得快的，去得也快。只有自己的辛辛苦苦挣来的血汗钱，才晓得珍惜，也才能守得住啊。

我好奇地问，不对啊，小狗子中奖之后，不是还带了个漂亮姑娘回来吗？那姑娘呢？

这一次，三婶连连摇头了。那姑娘啊，是小狗子买汽车的时候认识的，听说是店里卖汽车的，看到小狗子发了财，就跟小狗子好上了，没到一个星期，就打了结婚证，就是电视里说的那个什么闪不闪的。

那叫闪婚。一旁的侄子插嘴说。

三婶点点头说，就是那个闪"昏"。能不发昏吗？全是被钱烧昏的。刚开始的时候，两个人好得跟电视里的人似的。后来，小狗子去南方，将钱都败光了，那姑娘就翻了脸，不跟他了。前后不到三个月的光景呢。

那叫闪离。一旁的侄子又插嘴说。

旁边有人神秘地加了一句，听说那姑娘又跟喊小狗子去南方的那个朋友好上了。

　　说到这，众人摇头，叹气，都可惜小狗子没有福分。

　　三叔猛吸了一口烟，徐徐吐出，青烟袅袅。三叔说，还是那句话，这世上的事情，大凡来得快的，得来容易的，多半也一定去得快，散得快。财啊，运啊，婚姻啊，莫不是这个理。

　　我钦佩地看着三叔。三叔识字不多，说的话，却充满了智慧。那是他悟了一生的道理呢。

守护

下午的阳光，像碎银一样，撒满水面。小河拐了个弯，缓缓地流淌。

我沿着河边散步。这里是城市的边缘，安静、祥和，正是上班时间，河边很少看到行人和游客。约好了和附近的一个朋友见面，他正在赶来的路上。我在一堆矮树丛后面，找了一块石头，坐下。

忽然听到一阵"哗哗"的水声，扭头看去，树丛的后面，小河的弯道处，两个八九岁的孩子，正在河边"扑腾扑腾"地玩水。刚刚初夏，水应该还是凉的，孩子们已经迫不及待地跳进了水中。我笑笑，到底是孩子，对水有着天然的亲近。

稍稍大一点的孩子，在教小一点的孩子，怎么游泳。大孩子拉着小孩子的双手，小孩子昂着头，两只脚拼命地打着水，河边溅起一朵朵快乐的水花。不时传来两个孩子，欢快的嬉闹声。这让我想起自己小时候学游泳的场景。他们不会知道，树丛后面，一个中年男人，好奇而羡慕地注视着他们。

我向四周看了看。岸边，堆着两个孩子脱下的衣服。离衣服不远的地方，另一簇树丛下面，坐着一名中年妇女，目不转睛地看着河里嬉戏的孩子。树丛挡住了我的视线，我不能确定她的年龄，也许她是其中一个孩子的母亲，也许是奶奶，也许是别的什么亲戚？

两个孩子，继续玩着水，一会儿"扑腾扑腾"地学游泳，一会儿又互相泼水，打起水仗，很开心。树丛下面的中年妇女，安静地看着他们，脸上挂着似有似无的笑意，有时拿出手机，翻看几眼，又关上，目光回到水中的孩子身上。

几分钟，也许十几分钟之后，两个孩子似乎玩累了，光着腚，向岸上走去。大一点的孩子，朝中年妇女坐的树丛下面瞄了一眼，忽然涨红了脸，用双手捂住下体，急急地跑到衣服边，胡乱地套上了裤子。小一点的孩子，也很快地穿着衣服。我忍不住"扑哧"一声笑了，两个孩子，害羞了呢。中年妇女将头扭向另一边。

两个孩子穿好了衣服，手拉着手，沿着河边的小路，跑了。

奇怪，他们竟然没和中年妇女打声招呼，而中年妇女，也没有跟着孩子离去。她站起来，掸掸身上的草屑，看看两个孩子的背影，朝我这边走来。

中年妇女从我身边走过的时候，我忍不住好奇，和她打招呼。我的问候，吓了她一大跳，她大概没想到，树丛后面还有人吧。我问她，刚才游泳的两个小家伙，是你的孩子吧？现在就下水，太早了点，水肯定还有点凉呢。

她看看我，摇摇头，他们不是我的孩子，我也不认识他们。

不是你的孩子？我诧异地看着她，笑着说，看你的神情，我还误以为是你的孩子呢。

她再次摇摇头。指着路那边的一幢居民楼说，我家就住在那，刚才路过时，看到河里有两个小家伙在玩水，边上又没见大人，估计是自己偷跑来玩水的，我不放心，所以，就在边上坐了下来，怕他们有什么意外。又指指小河说，这条河看起来不深，但是有几个险滩，每年夏天，都会发生意外。

我明白了。冲她点点头，你是个好人。

她不好意思地笑了，现在的孩子，都是家里的心肝宝贝呢，又调皮得很，要是出个什么意外，一个家就毁了。我反正也没什么事，看到他们在玩水，就盯几眼，有个大人在边上，总会安全些。我没看到你也坐在河边。

我有点难为情地笑笑。我只是闲坐，而她是为了一分默默的守护呢。

中年妇女和我告别，向路对面走去。

阳光安静地洒在河面上，风吹到脸上，暖暖的。

第四辑

约好了春天开花

他笑的无比灿烂，脆弱不堪的骨头，佝偻变形的躯体，疾病带来的痛楚，困顿窘迫的家庭……他都只字未提，他一遍遍提及他的13位兄弟的胸膛，和他们并不结实却宽厚的怀抱。

他说，每天我都能获得几十个温暖的拥抱，还有比这更幸福的事情吗？

约好了春天开花

妻子突然从厨房里冲出来，甩着湿漉漉的手，急匆匆就要出门。

外面飘着漫天的雪花，这是今冬以来，杭州下的第一场雪。她这是要出去赏雪吗？可是，雪刚飘下来，就都融化了，还没有积起来呢。妻子摇摇头，说，昨天我和人家约好了，要买她的盆景，差点忘记了，刚刚想起来。

我拉住她，外面下着大雪，买什么盆景？等天好了再买也不迟啊。

妻子却坚持马上去。原来，昨天中午吃过饭后，妻子在单位附近溜达，在桥头，看到一个骑着三轮车卖盆景的老太太，有剑兰、文竹、金菊，还有水仙球。妻子想买几颗水仙球，赶到春节的时候，正好能开花。老太太却告诉妻子，这几颗水仙球都是卖剩下来的，芽发的迟，估计要到春节后才能开花。要是真想买的话，她明天再带几颗好的球株来，确保能在春节期间开花。真是一个善良的老太太。于是，妻子和她约好，第二天中午这个时候，还在这个地方等她。

我探头看看窗外，雪下得更紧了。我对妻子说，外面下着这么大的雪，谁还会出门啊。再说了，那种路边的买卖，本来就是随口说说而已，你还当真了。

妻子执意要去。

我推出自行车，那就我替你跑一趟吧。

妻子的单位，离家大约三四公里，顶着风雪，向前骑去。我心里嘀咕着，肯定是白跑一趟，权当是体验一下雪中骑车的滋味吧。

赶到妻子单位附近，四处张望，风雪中除了偶尔几个顶着伞的路人，路上显得空空荡荡。果然被我言中了，也难怪，大雪天，谁还出门没事找事啊。

路滑，推着车往回走。拐弯的时候，忽然看见，路边的墙角，蹲着一个老大爷，面前摆着两只箩筐，都是水仙球株。没想到，这个天，还真有人坚持做生意，小本买卖，不容易啊。

问好价钱，我买了五个水仙球株。我是这样打算的：回去跟妻子撒个谎，就说找到那个和她约好的老太太了，水仙都是从她那儿买来的，免得她有失落感。

老大爷细心地用塑料袋，帮我将水仙球株一个个装好。他的毡帽上，飘落了好几片雪花，竟然没有融化。一看，落在地上的雪，也已经开始积聚了。这说明，气温在下降。

我劝老大爷，天冷，又下雪，不会再有什么生意了，赶紧回家吧。

老大爷双手凑到嘴巴前，一边哈着热气，一边点着头。

我推着车，慢慢往前走去。

身后，隐约听到老大爷在自言自语："人家也许不会来了，真的不会来了。这个鬼天气，谁还会出门啊。老太太，太冷了，我得回家了，你可别怪我，我可是已经足足等了一个多时辰哦。"

原来……我霎时明白了。

我转回身。我要紧紧握着老大爷的手，我要大声告诉他，您没有白等啊。

雪打在我手中的水仙球株上，它们已经长出绿叶，她们相约，在春天开花。

愿意常见的人

　　省城有很多老同学。有时候出差或为私事去省城，就会想，这次找谁聚聚呢？

　　有的同学，升官了，升的最快的，已经官至厅级。不过，虽然升官了，同学情谊还是一点没淡，外地同学进省城，但凡他们知道了，都会热情款待。聚会的饭店，一定是上档次的；聚会的场面，一定是热闹的。老同学一个电话，就会唤来其他同学陪你，这些被临时喊来的同学，大多也是在官场上混的，不是处长，就是主任。老同学见面，自然要寒暄几句，但一圈酒之后，老同学的话题就转向了，全是官场上的事情，谁谁又升了，谁谁没啥希望了，谁谁有谁谁罩着，谁谁……说的不是你不认识的人，就是你不太懂的官场行话，你尴尬地坐着。半响，老同学们忽然意识到你的存在，大着舌头招呼你，别客气，吃！别客气，喝！你讪讪地笑笑。

聚会终于结束了，餐桌上，酒瓶喝空了几个，菜剩下大半桌。老同学豪爽地喊服务员签字埋单。你偷偷瞄了眼，乖乖，好几千块呢，比你一个月挣的工资还多。不过，老同学一个子不用自己掏，大笔一挥，签个字就完了。老同学签字时神采飞扬，样子潇洒极了。

这样的盛宴，你却不懂得领情，此后再也没去找过他们。

有的同学，发财了，自己开了公司，做了老板，挣了大钱。你到了省城，去找他，他很开心。不过，他很忙，电话一个接一个。见状你要告辞，他一脸不高兴，老同学千里迢迢来了，不请你吃个饭，还像话吗？你抹不开面子，留了下来。晚饭照例是在某个豪华的大酒店，订的是气派的包厢。你正思忖着，就你和老同学两个人，这场面也太浓重了，门开了，又来了一帮人。老同学赶紧站起来，谦恭地将来人一一介绍：这是工商局的蔡局，这是税务局的黄处，这是刘总，这是胡经理。完了，指指你，对大家说，这是我外地来的一个同学。你突然明白，宴席是早预定好的，你只是赶巧碰上罢了。酒席上，老同学毕恭毕敬地一杯杯敬酒，还附在你耳边悄声说，这都是他的财神爷，帮帮忙，多敬他们几杯，让他们高兴高兴。本来一路颠簸，你又累又饿，这会儿却一点胃口也没有了。

你也再没找过那同学。

想来想去，每次去省城，你必定要找的，只有他了，睡在你下铺的兄弟。他没升官，也没发财，和你一样，在一家单位朝九晚五地上班、下班，辅导孩子，自己看看书。听说你进城了，电话里跟你说，一会就下班了，直接上家里去吧。他家你是认识的，去了很多次，在省城众多的老同学中，也只有他的家，你去过，此外，再也没有人邀请你上他们的家中去过，与他们见面的地方，不是宾馆的标准间，就是饭店，或者茶楼。

你坐上熟悉的公交车，到了同学家附近的站下车，门锁着，同学还没回来，没关系，小区门口坐一会，同学就回了，手里一定还拎着你喜欢吃的烤鸭、油炸花生米、臭豆腐干什么的，这就是你们的晚饭了。天冷的话，一人一瓶二锅头；如果是夏天，那就一人一瓶啤酒。也不用拼，不用劝，咪一口，搛口菜，聊聊近况，扯扯开心的事、烦恼的事、棘手的事，互相安慰几句，鼓励几句，再吧唧吧唧以前在一起的趣事，时间就慢慢地过去了几小时。也不着急，弟媳妇已经热好了暖胃的菜泡饭。

有时候，弟媳妇不在家，老同学就会领着上小区边上那家小饭庄，找一个僻静角落，点两三个小炒，仍然是一边吃、一边聊，讲到会心处，两人哈哈大笑。埋单也不用争抢，几十块钱的事，他掏和你掏，一样。

有的人，我们愿意经常见一见、聚一聚、聊一聊，有的人，却离我们越来越远。

手持竹签好乘船

辗转找到码头。

飞云渡，与它的诗意的名字比起来，现实的码头显得有点冷清。一排低矮陈旧的房屋，临江蹲着，一间是售票处，一间是候船室，还有几间是办公用房。码头上，几个挑着菜担子的人，站在江边眺望。对岸就是繁华的瑞安城，高楼林立。渡船已到江中央。

来到售票处，买票。

窗口上贴着一张纸条，写着"每客2元"。我们一行3人，递进去6元钱。"哗啦啦"，从窗口里面，递出来3根竹签样的东西。问，票呢？售票员是个老师傅，指着竹签说，这就是。

这就是船票？我诧异地拿起一根，竹签长约十来厘米，宽二三厘米，尖头涂着绿色，宽头涂着蓝色，不过，因为年代久远的缘故，色泽都已经剥落得差不多了。光光溜溜的柄，握在手中，如握竹杖。反过来，看到上面刻着一个大大的"渡"字。老师傅笑着问，外地人吧？我们点点头。老师傅俯身将头从售票窗口探出来，指着通往码头的跳板说，检票口那里有个竹筐，上船的时候，直接将竹签放进去就可以了。

正说着话，一位挑着大箩筐的大婶走过来，冲老师傅笑笑，然后，将 2 元硬币放在窗台上，自己拿起一根竹签，径直向检票口走去。

这恐怕是我们见到过的最古老的船票了，我们每人手里拿了一根竹签，好奇地把玩。竹签都是人工制作的，很简单、很粗糙，标准似乎也不一致，每根竹签，或长或短，或宽或窄，就连那个"渡"字，也是刻得各不相同，显然是出自不同之手。从斑驳的油漆和磨损的程度来看，竹签都使用很久了。

检票口站着一名工作人员，我们和他聊起来。他告诉我们，这种竹签船票，他们已经用了几十年，刚解放的时候，就开始用了，一直用到今天。渡口最繁盛的时期，每天往返乘客达数万人。最近这几年，飞云江上连续修建了好几座大桥，这个渡口，也就变得慢慢冷清了，每天的乘客下降到只有几千人次。他扭头看着江面，脸上是淡淡的惆怅。

我们好奇地问他，怎么想起来用竹签做船票？他掰着手指头，如数家珍：一是节省，比印刷纸票便宜；二是可以反复使用，只要隔段时间，清洗一下就可以了；还有一点，按照现在的说法，就是很环保、很低碳啊。

有人忍不住，说出了心中的困惑，竹签船票好是好，但这么简单，随便砍根竹子，就可以复制很多，没人造假吗？

工作人员愣了下，然后，坚定地摇摇头：这么多年了，我们还没有发现过假竹签船票呢。他说，以前，乘船来来往往的，大多是乡里乡亲，渡船方便了大家，谁会为了省这点渡船费而干昧良心的事？

正说着，一声汽笛。渡船已经靠岸了。

我们排队，登船。通道边放着一个大大的竹筐，里面都是竹签船票。没有人检票，只要将手中的竹签，丢进竹筐，就可以了。"噼啪"，丢进一只；"噼啪"，又丢进一只。

"噼噼啪啪"的声音，在飞云江边回荡，那是竹子的声音，空灵，清澈，弥久不绝。

还情

一对老夫妻报警：他们收到了一个神秘的包裹，包裹里是整整一万元。

钱是假的？警察帮他们一张张检验，一百张，张张都是真的。

这是一个陷阱？包裹里夹着一张纸条，写着这样一段话：本公司 2010 年抽出 10 位幸运人士，你被幸运抽中，这一万元是公司送你的幸运钱，我们将送到你手上，望你别担心有诈，请放心。警察分析，一般的诈骗案中，骗子都是找各种理由让当事人汇出钱，哪有骗子直接先送你一万元的？不像是骗局，也看不出有什么陷阱啊。警察查来查去，一头雾水。

有人劝他们，既是真钱，又确实是寄给你们的，你们就收下，改善改善生活呗。可不弄清楚钱的来路，老俩口哪敢随便要这个钱，为了这个来路不明的包裹，老俩口愁得茶饭不思，成了一块心病，老太太更是急得病倒了。

事情到了这一步，投递包裹的人终于现身了。她是老俩口的一个忘年交，两家常有走动，包裹正是她寄的。问她为什么要以这样的方式给老俩口寄钱，她说是为了还情。

孩子小的时候，就在附近的小学读书。那时候，孩子每天下午三点多钟就放学，而她和丈夫都要快六点才下班，这中间的三个小时，成了空白地带，孩子没人管。学校边上有个自行车棚，她就让孩子每天在车棚里等她。而老俩口，那时候就在车棚边经营着一家小店。有一次，在车棚里等妈妈的孩子，咳嗽得很厉害，老太太闻声心疼地将孩子喊进了自己的店里，给孩子倒了杯热水。天黑了，当她心急如焚地赶到车棚接孩子时，惊喜地看见，孩子正坐在老俩口的店里，安静地做着作业呢。

问清了孩子的情况，老俩口对她说，今后，孩子放学了，就让孩子坐在他们的小店里等她吧。

就这样，孩子从小学一年级开始，就坐在老俩口的小店里，一直坐到了小学毕业，一坐，就是六年。老俩口特地给孩子弄了张小桌椅，方便孩子一边等妈妈，一边做作业。有时候，她来接迟了，孩子已经跟老俩口一起，吃过了晚饭。孩子亲切地喊老俩口外公外婆。

对老俩口，她一直心存感激。她以各种各样的方式，表达对老俩口的谢意。

　　中秋节到了，她买了一盒月饼，带着孩子去看望老俩口。老俩口喜滋滋地收下了。可是，临走的时候，老俩口硬是送还她们两盒月饼。她自然坚决不肯收，老俩口脸都变了：要是不肯收，下次也别来了。她只好收下。

　　快过年了，她托人从乡下买了一条家养猪的后腿，准备作为年货送给老俩口。老俩口一见礼物，乐得合不拢嘴，好多年没吃过正宗的乡下家养猪的肉了。可是，临走的时候，老俩口硬是送还她两条金华火腿，老俩口说，火腿太硬，我们吃不动了，你们帮帮忙。她无奈地收下。

　　重阳节到了，她给老俩口一人定做了一件唐装，老俩口开心得不得了，这一次，老俩口没回送她们礼物。可是，第二年儿童节，老俩口给孩子买了一只新书包，还有一套漂亮的服装。

　　她发现，每次送给老俩口的礼物，老俩口一定加倍送还他们。她觉得自己欠老俩口的，越来越多。于是，她想出了这个主意，偷偷地给老俩口寄点钱。

　　事情真相大白，老俩口心里的一块石头，总算落了地。老俩口将钱还给了她，对她说，经常带着孩子来看看我们，比什么礼物都好。

　　她点点头，豁然明白，有些情，是不需要还的；有些情，是一辈子也还不完的。

镶嵌在墙上的黑板

　　这是一片神秘的土地，在大山掩映之中，一个小村庄，兀然出现在我们面前。我们带的地图上根本没有标注，就连为我们带路的向导，都不知道有这么一个小村庄。我们惊喜地走了进去。

　　小小的村落，散布着几十户人家，过着世外桃园般的生活。与近乎原始的自然环境相比，更让我们惊讶的，是当地的村民。据说，除了偶尔有县乡的工作人员和村民的亲戚进过村之外，这些年，几乎没有什么外人，走进过这个村庄。村民们看见我们这些误闯进来的外人，就像看见外星人一样，好奇而激动。我们在村民们好奇的目光中，好奇地绕着村庄边走边看。家家户户的门，都是敞开着的。在其他地方，你已经无法看到这样日不闭户的场景。

最后，我们来到了小村唯一的一家代销点，我们想在这里补充点物资。小店里只有最基本的日常生活品卖：盐、酱油、一两种劣质烟、坛装的老白干……都是村民们需要的东西，而我们需要补充的矿泉水和方便面，竟然都没有。店主解释说，矿泉水，村民根本不需要；方便面？那么贵的东西，小村可没几个人吃得起。

我们买了几块当地产的大饼，店主热情地为我们灌满了冷开水，这样，我们后面的行程就不怕了。因为要出山进货，店主算得上这个小村里见过世面的人。我们和店主聊起来。小店门边，镶嵌在墙上的一块黑板，引起了我的兴趣，上面用粉笔歪歪扭扭写着一些文字和数字，如：大黄，酒，4.6；二贵妈，酱油，2；黑头，盐、烟，13.45……问店主，黑板上写的是什么？店主笑着说，是大家伙赊的账，等有钱的时候，就来结一下。原来是账单。正说着话，一个中年人来买烟，店主递给他一包烟，中年人接过烟，顺手在墙上扣下一小块石灰，将黑板上的一个数字擦了，重新写了个数字，然后，拍拍手，和店主打声招呼，走了。我们惊讶得目瞪口呆，就这么随便擦擦写写啊？店主看出我们的困惑，笑着说，都是乡里乡亲的，谁还会赖我几个钱啊？

有人上前用手轻轻擦黑板上的字，一擦就没了，而且，这块黑板是镶嵌在墙上的，即使晚上，也只能"挂"在外面，如果谁晚上偷偷来将名字擦掉了，或者将数字改了，那不是轻而易举的事啊。店主说，这事，还真发生过。有一次，一个村民来买东西，忽然发现自己名字下面的数字没了，可能是被哪个调皮的孩子擦掉了，村民赶紧找了块石灰，将数字重新写在了黑板上。大家在我这里赊了东西，他们记的可清楚了，我这个黑板，也就是个形式，其实，账本都在大家的心里呢。

店主的话，让我们羞愧不已。多么纯朴的村民啊！我们感慨说，店主这个黑板，可以作为现代人的一个典型教材，我们现在最缺少的，就是诚信和信任了。

回城之后，我们将这个故事讲给身边的人听，闻者无不激动不已，太难得了！一批批人沿着我们的足迹，走进了深山，去寻访那个神秘纯朴的村庄，而大家最感兴趣的，就是那块象征着诚信和信任的黑板……

一年之后，我们一帮人，再次踏上了那片神秘的土地。进山的道路，已经拓宽了很多。我们轻松地找到了那个小村。未进小村，就被它热闹的气息感染，一打听才知道，这一年来，小村已经被开发成旅游景点了。

我们顺利地找到了那家小店，小店的周围，又开了好几家纪念品和土特产店。让我们聊感欣慰的是，镶嵌在墙上的那块黑板还在，上面的账单也还在。很多游客，在黑板前拍照，留念。我悄悄摸了摸黑板上的字，擦不动，原来是白色的油漆写的。店主认出了我们。一边忙着招呼生意，一边告诉我们，小店生意大了，经常有人赖账，所以已经不赊账了，再说，现在村民也都有钱了。我问，那还留着这块黑板干什么？店主呵呵一乐，招牌啊，很多人就是冲着它来的呢，这还得谢谢你们的宣传啊！

　　我无言以对。墙上的黑板，白漆的名字和数字，冷眼看着眼前热闹的景象。

飞翔的心

公交车像蜗牛一样慢慢向前爬行着，车厢内，焦噪的情绪渐起。也难怪，坐这个早班车的，不是赶着上班的，就是赶着上学的，要不就是赶火车的，眼瞅着时间一分一秒地溜走，车还没驶到半截路，谁不急啊？

一个女人的声音：师傅，你能不能开快点啊，我快迟到了啊！这个月我已经迟到五次了！

司机扭头，叹口气，不是我不想快，你看看前面，路全都堵牢了，怎么快啊？

一个站在前面的男人突然怒气冲冲地指着车窗外，塞什么塞，路就是被你们这些家伙堵住的，什么素质！顺着他的声音看去，一辆小车，斜插在我们的公交车头前，显然是刚刚加塞进来的。

有人跟着抱怨，现在车子是越来越多了，路越来越堵了，原来上班路上只要十几分钟，现在差不多快一个小时了。真是堵心啊！

有人嘣了句脏话，也不知道他在骂谁。

焦急、无奈、抱怨、叹气、责备、骂娘之声，此起彼伏，在车厢内弥漫。这是我每天乘坐的一班车。堵车已是常事，只不过今天是周一，又下着绵绵秋雨，所以，堵得格外严重些。

我站着，不停地看着手表，心急如焚。

因为内外温差，加之雨天的湿气，车窗上结了一层厚厚的水气。忽然看见，坐在车窗边的一个小女孩，用手在车窗上，画着什么。先是画了一个点，圆圆的一个点，然后，围绕这个点，画了几条线……看出来了，是只鸟，两边的翅膀展开，飞翔的样子。女孩看起来八九岁，背着一个粉红色的书包。看着她画的小鸟，我不由地笑了，她是想像这只鸟一样，飞到学校去吧？

有人不耐烦地对司机说，你多摁几声喇叭，催催前面的车啊。司机摁了几下喇叭，很刺耳的声音。车仍然未动。刮雨器来来回回地刮着，隐约可见，前面的车龙，遥不见首。

我的视线，又回到小姑娘的手指上。在鸟的旁边，她画了一棵大树，纵横交错的树枝，其中一根树枝，横到小鸟的下面，这样，原来像是飞翔的小鸟，就变成飞落在树枝上了。她专心地在车窗上画着，心无旁骛。

有人长长地叹了一口气，跟着另一个人很响地咂了咂嘴巴。

车厢内的湿气，越来越重，车窗上凝结的水气，慢慢地顺着车窗，往下淋滑。小女孩又在树稍上，画了个很大的圆圈——我猜想，那应该是太阳吧。这看起来是早晨的树林中，一只小鸟在刚刚升起的太阳下，唱着歌。我之所以作出这种猜想，是因为我看到女孩，将小鸟的头上，又画了一条线，这样，小鸟的嘴巴看起来就是张开的了。为了画出太阳的光芒，小女孩将脸凑近窗玻璃，张大嘴，哈气，热气很快使窗玻璃重新蒙上均匀的水气，小女孩继续着她的画……

看着小女孩，我的心，忽然安静下来。

坐在小女孩后面的一个中年男人，似乎也看见了小女孩的画，他试着用手指在窗玻璃上画了一道线，又画了一道线，仿佛一条宽敞的大道。

后面一个妇女，也好奇地用手在玻璃上画了三条弧线，那是一张笑脸……

车厢里忽然如此安静。

汽车又缓慢地向前移动了。今天我也许又不得不迟到了，管他呢，看着水气中那只飞翔的鸟，我的心随着它，安静地飞翔。

一名人口普查员的敲门记忆

朋友老张是一名人口普查员。他已经参加了四次人口普查，每次参加人口普查，他都用专门的本子，详细地记录下自己的工作经过。我有幸看过他的这本工作笔记，没什么文采，基本上就是一本流水帐，我随便摘取了几段——

1982 年 5 月 18 日。吃过晚饭，按照计划，我上团结居委会的 12 号楼摸底。这是一幢三层的老居民楼。从楼下看，204 室的灯是亮着的，我决定就从这家开始。一敲，门就开了，是个中年男人。一听我是人口普查员，他热情地邀请我进屋慢慢谈。他的妻子闻声从厨房里走出来，给我倒了一杯凉开水，刚吃过饭，还真有点口渴，我也就不客气了。很快表格就填好了。他递根烟给我，我摆摆手，我不抽烟的。他自己点着了一根，问我，另外几家有没有登记？我说还没呢，你家是第一家。他搓搓手，说，那我帮你去喊另外几家吧，除了一楼的小王家这几天没人，其他的都在家呢。那敢情太好了。他领我先上三楼，咚咚咚，敲门，大声喊，王师傅，开开门，人口普查了。门很快打开了，一个满脸皱纹的老头，见到我们，很热情地邀请我们进屋。我正在老王家登记，只听外面又传来咚咚的敲门声，和他那特有的大嗓门："小李，小赵，人口普查员来了，马上到你们家来登记，你们先找好户口本，在家等着啊！"

那个晚上，只用了不到一个小时，我就将12号楼登记完了，除了一楼出差在外。真顺利啊。回家的路上，看见一轮月亮，又亮又圆，非常开心。

1990年4月13日。梅花楼居委会的2号楼，已经去过3次，才登记了不到1/2户，决定晚上再去一次。601室的灯，这一次终于是亮着的，我赶紧气喘吁吁地爬上楼。平息一下，然后敲门，"咚，咚咚——"门里传来一阵簌簌的拖鞋声，走到门口，停住了，问："谁啊？"一个女的声音。我说，我是人口普查员。里面女的大声说，"请你不要打扰我们，我们不要买什么保险，也不要买什么化妆品，更不要买什么菜刀！"我一听，把我当成推销员了。我只好再次大声告诉她，我是人口普查员，不是推销员。也难怪，如今的推销员真是比牛毛还多，推销的东西也是五花八门，不得不防啊。门终于慢慢打开了一条缝。女人看看我胳膊上戴的人口普查员臂章，又看看我手上的调查表，将我让进了屋。很快，我就将他们家的信息填好了。问她对门有人吗？她连连摇头说不认识、不清楚。

走出 601 的门，我长吁一口气，总算又登记了一户。602，不知道有没有人在家？

2000 年 10 月 17 日。来到 22 幢楼 904 室，敲门。半天，门没开，听见门上的猫眼被轻轻打开的声音。里面传来很威严的声音："干什么的？"我回答，人口普查员。里面又问："我怎么知道你是人口普查员，而不是骗子？"我指指胸口上的挂的牌子，我有证件啊。也不知道他能不能从猫眼里看清楚。里面又问："现在你们骗子本事大的很，谁知道你的牌子会不会也是假的？"我一听，也对，现在的骗子，不但多，而且骗术越来越高明。可是，我真的不是骗子啊。里面又问："你真的不是骗子？"这叫什么话？骗子能告诉你他是骗子吗？而且，越是骗子，越不像骗子。最后，他打开了房门，隔着防盗门对我说，你就这样问吧。看样子，他是不打算让我进屋了。没关系，已经遇到很多这样的情况了，那就隔着防盗门，一问一答吧。

回家的路上，冬天的风刮在脸上，像刀子一样，又硬又冷……

那天，老张上我们家登记的时候，对我说，这是他今年作为人口普查员进入的第一户人家，其他人家，都是隔着门缝完成登记的。老张感慨说，如今想敲开一户人家的门，真是越来越难了。我看着老张，心想，如果不是认识他，我会为一个陌生人开门，并邀请他进屋吗？我不能确定。

人生的第一个约定

那一刻，她惊呆了！

站在幼儿园门口，她看见自己三岁的女儿，正被一个比女儿略高的男孩，左右开弓地扇着耳光。她本能地用目光寻找老师，发现老师正在背对着整理东西，老师显然没看见这一切。

她怒不可遏地冲进了教室。

冲到女儿和男孩面前，她扬起了自己的右胳臂，手掌愤怒地张成扇形，向着男孩，抡了过去。

女儿看见了她，带着哭腔，喊了她一声："妈妈！"

男孩惊愕地瞪大了眼睛，他的两只小手掌，僵硬地停在空中。

"啪！"

女儿桌上的一个玩具，掉在了地上。女儿又喊了她一声：

"妈妈！"

她的手掌，在离男孩的脸三厘米的地方，停了下来。平静了一下，她将手掌反转过来，搭在了男孩的肩上，另一只手抚摩着女儿的头。

她蹲下身，眼睛盯着男孩。男孩迟疑地往后退缩。她指指女儿，对男孩说，我是她的妈妈。

男孩恐惧地看着她。

她问男孩，几岁了？男孩怯怯地告诉她，四岁了。她对他说，那么，你是哥哥。哥哥怎么能够打妹妹呢？

男孩不好意思地低下了头。

她又问他，哥哥应该怎样对待妹妹？

男孩想了想，轻轻地说，保护妹妹。像爸爸保护妈妈一样。

女儿噗嗤一声，笑了："没羞。"她也笑了，对，像个男子汉一样。可是，你今天却打了妹妹。

男孩重重地低下头，我错了。

那你今后，还会打妹妹吗？她问男孩。

男孩抬起头，坚定地摇摇。

她伸出右手的小拇指，那我们拉钩。

男孩好奇地看着她，犹疑地伸出了手，看着自己的五个手指，不知道怎么做。她看出来了，男孩从没有与人拉过手指。她告诉他，用小拇指拉钩。

男孩弯起小拇指，和她的小拇指，钩在了一起。男孩的脸，激动得通红。

她对男孩说，拉得越紧，越要做到。男孩抿着嘴唇，手指用力地紧紧钩住她的手指。

女儿也好奇地伸出小拇指，和他们的手指，钩在了一起……

这是发生在一个朋友身上的真实故事，这个朋友，就是那位男孩。如今，他自己也做了爸爸。每天送孩子上幼儿园，他还会时不时想起那一幕。这是整个幼儿园阶段，他唯一清晰记得的一幕。后来，他和那个女孩，成了小学同学，又上了同一所中学，直到高中之后才分开，上了不同的大学。他说，很感谢那位女同学的母亲，当她愤怒地冲到他面前的时候，他吓坏了，以为一定要挨一顿打。他绝没有想到，她不但没有打他，还和他拉钩，那是他第一次与人拉钩。那一钩，是他人生的第一个约定，这个约定，他坚守至今。从此之后，他就像保护自己的妹妹一样，处处保护着那个小女孩。他也再没有欺侮过任何其他同学，特别是女同学。

我特别钦佩那位母亲，她成功地化解了一次孩子间的纠纷，并且，将她的大爱，像一颗种子一样，埋在了另一个孩子的心中。

温暖的怀抱

　　他每天都要接受无数次拥抱——起床之后从床移到椅子上，从寝室到教室，从教室到食堂，上厕所……他的每一个行动，都是被别人抱着去的。

　　三岁那年，他被确诊为先天性脆骨病，他身上的每一块骨头，都像瓷器一样易碎，像稻草一样易折，从此，他再也没能下过地自己行走。他的每一个动作，都倚靠别人帮助来完成，而因为骨头太脆弱，既不能背，也不能抬，只能用双手轻轻地环抱在怀中。

　　他是在妈妈的怀抱中长大的。爸爸在外面打工养家，他的生活，全靠妈妈照顾。每天，妈妈抱着他洗脸，抱着他上厕所，抱着他洗澡，抱着他出门晒太阳，抱着他一次次上医院，后来，又每天抱着他去学校，等到放学时再赶到学校抱他回家。

他考上了离家很远的一所职高，按照规定，学生都要住校，而他这样一个生活难以自理的学生，该怎么办呢？班上的13名男生，从妈妈的怀抱里，将他接了过去。

可是，被妈妈抱惯了的他，却怎么也不习惯被与自己同龄的伙伴抱，他感到难为情，同时，也担心同学们根本抱不动他。虽然因为身体畸形，他只有六七十斤重，但对于刚上高中的同学们来说，这还是显得有点沉重。

男同学们热情地向他张开了怀抱。

最壮实的几个男生，和他住在一个寝室，以帮助他的起居。他们抱他上下床，抱他坐到自习桌前，抱他洗脸洗脚，抱他上厕所，抱他去教室。

教室里，他的座位，前后左右都是男生，这样，只要他有事，任何一个男同学，可以就近抱起他。下课了，他们抱他去上厕所；外面阳光朗照，他们抱着他去走廊上晒晒太阳；上体育课，他们也不忘记他，将他抱到体育场，他无法上体育课，就坐在一边，为同学们呐喊加油；吃饭的时候，他们抱他去食堂，而女同学会帮他排队打好饭菜；下雨的时候，他们抱着他从教室到寝室，或者从寝室到教室，旁边会撑着好几把伞。

有时候，班级集体外出活动，那就是一场拥抱接力，一个男孩抱一段路，另一个男孩再抱一段路。他的路，不在脚下，而是由每一个男生的怀抱连接起来的。

他上学迟，比同学的年龄都大，他们喊他哥。他们都是他的兄弟。

高考成绩出来了，他们考的很好。填志愿的时候，有好几位男生表示，将和他填同一所学校，他们希望能继续在一起。

他们的事情，被媒体获悉。记者采访的时候，他笑的无比灿烂。脆弱不堪的骨头，佝偻变形的躯体，疾病带来的痛楚，困顿窘迫的家庭……他都只字未提，他一遍遍提及他的 13 位兄弟的胸膛，和他们并不结实却宽厚的怀抱。他说，每天我都能获得几十个温暖的拥抱，还有比这更幸福的事情吗？

有人走了过来，向他张开双臂。他的笑容，无比灿烂，无比满足。

站牌下的约定

西湖往南。一路景区。有一个公交车站，叫九溪。

每天一早，这个公交站牌下，就会站满了人，赶着上班的，背着书包去上学的，转车去景区看风景的。

一辆公交车来了，一辆公交车走了。

早晨的阳光，淡淡地将树梢点亮。

不知道从哪一天开始，站牌下，出现了一对母女。女孩手里捧着一本书，妈妈弯下腰，手指着书，一行行教女孩读。偶尔会抬起头，看看公交车来的方向。

春寒料峭，女孩的双手和小脸，都冻得红红的。女孩的读书声，清脆，响亮，细听听，还有一点点颤音。

候车的人纷纷侧目，好奇地注视着这对母女。连等车的时间，都不放过，教孩子拼音识字呢。这个母亲，可真够操劳，真够费心的。

一辆开往郊区的公交车驶来了。妈妈匆匆交代女孩几句，跑向公交车。妈妈跳上了车，女孩捧着书，看着车门关上，目送公交车开远，才捧着书，走开。

每天早晨都是这样。

奇怪的是，有时候是妈妈先到公交车站，有时候却是女孩先到。

遇到天气不好，妈妈就会领着孩子到车站边的一家单位的门廊下，教孩子读书。

一天也没有间隙过。

有一天，终于有位乘客忍不住，走过去问妈妈："你女儿学习真用功，几岁了？"

妈妈抬起头，摇摇，她不是我女儿。

那你们是？

"妈妈"说，我也是等公交车的。她是附近一个清洁工的女儿，我见她没上学，经常一个人在车站附近孤单单地游荡，我就想，能帮她一点儿，是一点儿。所以，我就和她约定，每天我早一点来等车，教她十几分钟。

原来是这样。

说完，"妈妈"走到一边，继续教孩子。那天，教的是课文《春天来了》："春天像个害羞的小姑娘，遮遮掩掩，躲躲藏藏。我们仔细地找啊，找啊。/ 小草从地下探出头来，那是春天的眉毛吧？／早开的野花一朵两朵，那是春天的眼睛吧？……"

那位乘客，偷偷地用手机拍了几张照片，寄给了报社。

报社进行了跟踪报道。记者很快了解到，女孩叫花花。今年春节之后，在杭州做环卫工的父母，将花花从老家接了过来，却一直没联系上学校。花花在老家已经读过一年级了。缀学的花花，每天孤单地跟着父母去扫马路。花花遇到了等公交车的"妈妈"，于是，便有了这个公交站牌下的约定。

花花和公交站牌下"妈妈"的故事，感动了杭州。热心的人们四处奔波，为花花联系学校。很快，花花的学校，落实了下来。花花可以像其他孩子一样，每天背着书包，去宽敞亮堂的学校，读书去了。

而那位公交车站的"妈妈"，记者根据其本人意愿，没有透露，人们只知道，她是一位普通的职员，也是一位普通的母亲，她的孩子，正在读中学。她给记者发了一条短信："不要把笔墨放在我这里，好心人很多，谁都会去做的。"

"妈妈"和花花在公交站牌下的约定，就此结束了。她是这个春天，最美丽的一个约定，像一股暖流，温暖着我们的心。

早晨的等待

去上海游玩，住在一个亲戚家，是一远房的舅舅。

他们的两个孩子都在国外定居了，就剩下老俩口。我们虽然是远房亲戚，但对我们的到来，两位老人很热情、很开心，特地给我们收拾了一个房间，让我们安心地住、安心地玩。这让我们很感激。

东方明珠、外滩、南京路……我们自己先游玩了一天。

第二天，堂舅忽然对我们说，他和舅母要陪我们去逛逛老城隍庙。我担心他们的身体，堂舅笑着说，我们自己每个月也要去逛逛的，这次正好和你们一起去。那可太好了。堂舅老俩口都是老上海，跟着他们去逛老城隍庙，定有意想不到的收获。

一早起来，堂舅已经准备好了早餐，稀饭、油条、煎蛋，还有他自制的煎饼。堂舅招呼我们赶紧吃早饭。我看看舅母的卧室，门关着，就对堂舅说，等等舅母，咱们一道吃吧。堂舅眯着眼瞅了一眼房门，她这时候应该已经起床了，在收拾呢，一会就好。

昨天我就已经注意到了，堂舅和舅母是分开住的，各住各的房间。堂舅告诉我们，舅母这几年有点神经衰弱，很难入睡，而且一旦被吵醒的话，就会再也睡不着了。堂舅咳一声，清清喉咙，有点难为情地说，自己年岁大了，鼾声也越来越大了，怕吵醒你舅母，这几年，都是分居的。我们理解地点点头。事实上，关于堂舅和舅母的爱情故事，我们早就听说过很多次了。舅母是一家文工团的演员，不但长得特别漂亮，而且非常贤惠温柔，而那时候堂舅只是一个穷小子，家庭成分又不好。当年他们的故事，让我的父辈们羡慕不已。这是我第一次见到舅母，虽然年纪大了，但风韵一点不减。舅母也似乎特别爱美，即使在家里，也化着妆，显得丰姿绰约。

忽然，舅母的卧室里传来一阵碰撞声。会不会是舅母摔倒了？我赶紧起身，跑过去。堂舅一把拉住了我，没关系，我来看看。堂舅走到门口，站住了，大声问，出什么事了，要紧吗？手搭在门把上，却并未打开，也没有进去。屋里传来舅母的声音，没事，我不小心碰翻了桌上的杯子，我马上好了，就出来了。

堂舅回到餐桌边，对我们说，你舅母碰翻了杯子，没事。我们吁了口气，放心了。可是，有一点我难以理解，堂舅为什么不打开门，进去看看呢？假如是舅母摔倒了，可怎么办？堂舅似乎看出了我脸上的疑惑，笑着说，早晨，你舅母出房间前，一般我是不进去的。这是为什么？我正准备问问堂舅原因，舅母的房门打开了，舅母收拾整齐，精神焕发地出现在我们面前，让我们眼前一亮。她已经在房间里洗漱好了，淡淡的妆容下，根本看不出舅母的年龄。堂舅注视着舅母，那眼神，很像一个情窦初开的小伙子，突然看到久违的姑娘似的。

堂舅和舅母，陪着我们将老城隍庙里里外外逛了一圈，一路上，堂舅和舅母基本上都是互相搀扶着，或者手牵着手，让我们几个晚辈都艳羡不已。中午我们在小吃广场吃的中饭，堂舅特别点了一个小吃，三丝眉毛酥，堂舅说，这是你舅母最爱吃的，每次我们来都会点它，你们也尝尝。果然又酥又脆，味道独特。

妻子陪舅母上洗手间去了。忽然想起那个心中的疑惑，我忍不住好奇地问堂舅，为什么早上你从来不进舅母的卧室？堂舅骂我一句浑小子，告诉我，你舅母年轻时就特别爱美，不希望别人看到她懒散的样子，即使是我。所以，每天早晨，我都是等她在房间里洗漱化妆好，才进去的。原来是这样。我张着嘴看着堂舅，他比我年长近三十岁，却比我有一颗细腻的心。

回堂舅家的路上，堂舅和舅母互相搀扶着走在前面，我也拉着妻子的手，紧跟在后面。

到医院送饭

　　家人生病住院，每天都要来回跑医院，为病人送饭。

　　在家里做好了饭菜，用保温桶盛好，直奔医院。医院离家近的话，还好办，如果比较远，等匆匆忙忙赶到医院，往往饭菜都凉了。想了个办法，将保温桶放在竹篮里，再用毛巾将四周裹好，这样可以保温的时间长些。病人都喜欢吃流质的东西，所以，炖个可口的汤是必须的，而篮子里有汤，走路的步伐就要又快又稳，以免汤水溢出来。

　　赶到医院，正是吃饭时间，神色匆匆的人，大多都是来送饭的。一只手拎着保温桶，一只手端着饭盒子，摁电梯的手都腾不出来，热心人就会问一声，到哪层？帮忙摁了。感激地笑笑。这是在愁苦的医院里，难得见到的温馨场面。虽然饭菜都被紧紧地拧在保温桶或饭盒里，但饭菜的香味，仍然不可遏止地飘散出来，使原本充斥了消毒水和各种疾病气息的医院电梯，有了一丝丝家里的厨房气味。即使病魔再疯狂，也不能阻止家的味道，在这里弥散。它召唤着我们的家人，早点康复，早点回家。

走进病房。家人躺在病床上，将头侧向门的一边，他不是听见了你的脚步，就是闻到了家里饭菜所特有的香味。真是奇怪的很，同样的菜，从不同人家的厨房，经过不同人的手，烹饪出来的味道，会迥然不同。每家都有自己独有的饭菜的味道，那是你最熟悉、最喜爱、最难忘、一辈子也离不开的气味。如果你曾经不幸生病住院，你就会感受得更加深切。真的，你能单单嗅一嗅保温桶里弥散出来的气味，就能准确地辨别出，哪一个是你家的。那是饭菜的气息，那也是家的气息。

如果病情比较重的话，就得一口一口地，喂给病人吃。不过，哪怕是再重的病，病人也会一小口一小口地咽下，他知道，多吃一口家人送来的饭菜，他就会多一份与病魔抗争的力量。病情如果缓解或减轻了，病人的胃口更是特别好，每一口，都吃得那样香、那样急。你赶紧劝慰他，别急，慢慢吃，别噎着了。这时候，你的心里会特别特别温暖，还有什么比看着自己的家人，香喷喷地吃下自己亲手做的饭菜，更让人感到欣慰的呢。医院的病人食堂里，除了普通餐饮外，也是有营养餐的，有的甚至可以根据病人的病情和口味，单独烹制，那自然同样有助于病人的康复，可是，除非迫不得已，很少有病人会乐意上食堂买饭菜，不是饭菜不可口，也不仅仅会贵一些，而是吃出来的味道，永远不同啊。

家在外地的病人，就难得有这个福气了。除了自己不得不躺在病床上，与疾病战斗外，还得有一两个家人陪伴。家离得太远了，城里又没有什么可以帮忙的亲戚的话，就只能孤单地同疾病作战，往往连喝一口骨头汤的机会，都很难。他们只能在医院的食堂，或者医院附近的快餐店，买一些半冷不热，一点也不合口味的饭菜，勉强咽下。病房里总难免这样的病人，他们的境遇，与他们的疾病一样，让人同情。这时候，家在附近的病友们，就会挪一些自家送来的菜肴给他们，少不了拉扯推让一番，但最终，病友一定会收下。在这个世界上，只有在医院的病房里，人与人之间的距离，才会那么近、那么亲、那么坦诚，因为他们有一个共同的敌人——病魔，还有一个共同的目标——康复、回家。

人到中年，这些年，时而会有哪位亲人，生病住院，我不得不经常往返于医院和家庭之间。有时候，拎着保温桶站在医院白色的走廊里，我忍不住会想，也许有一天，我也会病倒，住院，不得不暂时远离家，远离家人，不过，我并不害怕，我相信，那时候，我的妻子，或者我的孩子，或者我的别的亲人，也会像我一样，每天在家里做好我喜欢吃的饭菜，送到医院来。吃着家人做的饭菜，就没有什么可怕的，也没有什么不可战胜

一个人，一座城市

　　火车经过砀山，这是陇海线上的一座小城，很多火车都不停靠，包括我乘坐的这班列车。列车呼啸而过的时候，甚至连月台上的站台名，都难以看清晰，但我的心，还是怦然跳动了一下。当年我的一位大学室友，就是来自这个小城的。每年新学期开学的时候，他都会用网兜背来一大袋的梨子，包括周围寝室的同学，每人分一个。那梨子，又大、又脆、又甜。他告诉我们，这是他家乡的特产——砀山梨。

　　因为这位同学，我记住了在偏远的皖北，有一座小城，叫砀山，盛产梨子。这也是迄今为止，我对这座县城唯一的了解。大学期间，他几次邀请我们去他的家乡做客，可惜最终都没能成行。大学毕业后，他留在了省城工作。我知道，也许这辈子我都可能没机会去这座小城走走看看了，但这丝毫也不影响我对它的好感，因为在这座小城，曾经有一位与我同寝室了四年的同学。

一个地方，给我们留下印象的，可能是因为我们去过，留下过匆匆的脚印，也可能是因为地理课或新闻上看到过，留下了一鳞半爪的记忆；可能是因为别致的美景，风味独特的小吃，也可能是因为深厚的文化底蕴，而被它吸引……还有一种可能，仅仅是因为一座城市，一个地方，有某个人。经常是因为知道了某个人，才知道在遥远的地方，还有这么一座城市，或县城，或小镇，或乡村，而它的名字，可能在此之前，从未听说。

义乌是全国最大的小商品集散地，其名声之大，不言而喻，但是，每次别人和我说起这座城市的时候，我的眼前浮现的，并非琳琅满目的小商品，而是一个留着一字胡，总是笑容满面的人。他是我认识的一位写小说的朋友，在全国的小说笔会上遇到过几次，相谈甚欢。我相信如果有机会去义乌，我首先想到的，一定不是去逛小商品市场，而是打电话给他，约他见见面，喝杯茶，聊聊天。是他，一个爱好文字的普通人，让我与这座世界闻名的小商品城市，有了某种联系。

关注或喜欢一个地方，很多时候，也是因为一个人。我有个亲戚的妻子是河南遂平县的，以前从没有听说过这个地方，因为这层亲戚关系，我知道了河南还有这样一个小县城，偶尔听到遂平的消息，我都会关注一下。有一次家里的卫生间漏水，从家政公司请了一个水电工来维修，说一口河南话，于是问他老家是哪里的，他说是河南遂平县的。真有点喜出望外的感觉，骤然觉得，与他亲近了很多。我告诉他，我的一个亲戚，也是遂平的呢。话题多了很多。

有一天，忽然接到来自长春的一条信息，关切地问我，你们那儿是不是地震了？你有没有事？她告诉我，刚刚在网上看到说杭州有震感，怀疑是地震了，立即就想到了我，所以问候一下。她是一家杂志社的编辑，平时我们只谈一些稿件的事，此外就没有过什么联系。她的问候，让我觉得无比温暖。我告诉她，没有地震，是误传。一个普通的作者，因为住在杭州，所以，当远在千里之外的她一听说杭州有震感的时候，首先想到了我。也许在她看来，杭州除了有美丽的西湖之外，还有一个她认识的作者呢。

很多外地的朋友告诉过我，每次从萧山机场乘机或转机的时候，都会不由自主地想到，有个朋友就在这里工作，安家落户。他们中的很多人，匆匆而来，又匆匆而去，甚至都没有联系我，但是，只要来到杭州，或者路过杭州，都会想起我。

他们就这样将我与杭州，紧密地联系在了一起。在近千万人口的杭州，我只是沧海一粟，普通得不能再普通，但是，在他们心中，我和杭州，又是如此密不可分。这是多么奇妙的一件事啊。

虽然你很普通，很渺小，但一定因为有了你，才让有的人记住了一个地方，一个城市。你怎么能小觑了自己？

我庆幸出生在偏远的乡村

春节之后，返乡过年的同事，陆续回来上班了。话题自然免不了回乡见闻，感慨最多的，是各自家乡的变化。一位多年没有回老家的同事长长地叹了口气，家乡已经彻底变样了，当年的景象一点也找不着了。他的家乡位于长江边上，这几年开发力度非常大，新办了很多工厂，村庄已经不复存在了，乡邻也各奔东西。语气里，流露出深深的遗憾和失落。

很幸运，我的家乡位于一个僻静的角落，离得最近的城市，也有一百多公里，只有一条狭窄的机耕路将它与外界相连，这些年，它基本保持了自己的原貌，没有受到外界太多的影响。

每年，我都要回乡一两次。老家的房子还在，这所砖瓦房，还是我读初中的时候，父母辛辛苦苦盖起来的，已经快三十年了，期间修缮过几次，老母亲还住在里面，不漏风，不滴雨，很温馨。村前的池塘，面积稍稍缩小了一点，水还是那么清澈，经常可见几只鸭子和鹅，悠闲地在水中游来游去。池塘边的柳树，已经长粗了很多，小时候我们常常折下几根柳条，编成小兵张嘎式的帽子，戴在头上，要多神气，有多神气。变化最小的，是村前屋后的田地，还是长一块、方一块，以村庄为中心，四处扩散开去。这块地是张家的，那块地是李家的，包产到户以来，就一直没有变化过，春天撒下种子，秋天就有沉甸甸的收获。几乎每一条田埂，都留下过我们的足迹，这些窄窄的田埂，绝不会像城里的马路那样，今天挖个坑，明天撅个洞，弄得面目全非。乡里的田埂，细小、弯曲、泥泞、安分，几十年甚至几百年，都一直横在那儿，供下地干活的村民和耕牛踏来踏去，而毫无怨言。

乡村的变化也是有的。村民的房子，大多翻盖过了，矗立起了几座漂亮的小二楼，但都是在原来的宅基地上，弯弯曲曲的弄堂里，依然隐约可见我们年少时的踪影。村民的生活变化也很大，家家有了电视机，再也不像我们小时候那样，全村的人都集中在唯一一个有电视的人家看春节晚会了。变化最大的，还是我的乡亲们，长辈们都已经老了，同伴都人到中年了，满村乱跑的孩子，全是不认识的后辈了。但乡音没变，还是那么土气，那么亲切。哪怕是一块土疙瘩，你都能找到童年的影子。

我在这个村庄出生，在这儿长大，一直在村庄里生活了19 年，直到我考上大学才离开。印象里，小时候生活很艰苦，但我们很快乐。现在我所看到的村里的孩子，与我的在城里出生、在城里长大的孩子比起来，生活条件肯定相差不少，但我的孩子的快乐，却未必比他们更多。快乐从来不与物质成正比。

我庆幸出生在这样的村庄，因为远离城市，它的步伐很慢，却幸运地保留着自己古朴、安静，也有点贫瘠的形象。如果它在城市的边缘，它也一定像很多村庄那样，被一圈一圈扩展的城市吞噬，田埂变成了柏油路，弄堂变成了街区，良田不长庄稼了，而全部是机器的轰鸣。也幸亏它既不临江，又不靠山，偏僻、寂静，甚至有点苍凉，不然，一定不是被征去盖临水的别墅，就是被开发成了人来熙攘的旅游景点，那样的话，我的村庄和我的故乡，就一起消失了，我就再也找不着自己的童年了，也摸不到自己的根了。

我是普通得不能再普通的人，故居不需要保护，用过的东西不值得珍藏，但是，我们需要记忆，需要精神的寄托，在我们孤独、迷茫、彷徨的时候，有一个地方，给我们的灵魂小憩，给我们的心灵以慰藉。我期翼乡亲们的日子好一点，生活富足一点，我也期翼我出生的村庄，一直安宁地座落在那儿，随时接纳我这颗漂泊的心。因为，那是我们的根，那是我们的老家啊。

第五辑

帮花草转个身

盘点起自己这一年来，遇到过多少不如意的事？烦心的事？苦恼的事？郁闷的事？而为了这些事，又生过多少气呢？很多当时气愤难当的事情，现在回头去看，很可能一笑就能了之。于是，我拿起笔，在白纸上罗列了我能记起来的让我生气的事情，然后，将它们一笔笔勾掉，揉成一团，扔掉。恍然觉得，心里就像整理过的空间，变得整洁、宽敞、透亮。

帮花草转个身

刚放下妻子打来的电话，有人敲门。

"进来！"我没好气地吼了一声。

门打开了，进来的是一个水壶嘴，跟着像猫一样走进来一个身影，是园丁郭师傅。郭师傅小声地说，我来给花草浇水。

为了美化环境，单位在每个办公室都放置了几盆花草，每隔几天，郭师傅负责来养护一次。郭师傅是一家园林公司的园丁。

心情不好，也懒得和他多话，由他忙去。

我弹出一颗烟，点着，深深地吸了一口。最近工作很忙，已经连续加了几个班，手头的事还是没完没了，领导催得跟追命似的。正烦着呢，妻子又打来电话，开口就指责我还要不要家了。这叫什么话？我这样拼命地工作，不就是为了多挣点钱，为了生活好一点吗？没想到几句话说不到一起，妻子竟然怒气冲冲地挂了电话。

这日子，没法过了。

"我帮你打开窗户，好不好？"郭师傅走到窗口，迟疑地看着我，"烟味太重了，伤身体的。"

真是一个多事的老头。

没事的时候，偶尔我也会和郭师傅随便聊几句。今天没心情，不想说话。

郭师傅给几个小盆景浇了水，拎着水壶走到我身后，给那盆最大的美人蕉浇水。单位有几盆美人蕉，数我办公室的这株长势最好，肥大的叶子，碧绿碧绿，压得枝干都快承受不住了。

浇完水，郭师傅看着我说，你看这些叶子，可有意思了，都朝着窗户，是想阳光了呢。我回头看看，果然，所有的叶子都努力向窗户一侧倾斜，几成弓形，姿势很别扭。以前还真没注意过。我站起来，走过去，一把抓住枝干，想将它扶正。

郭师傅连忙制止，不能硬掰，那会伤它元气的。其实，只要帮它转个身，就可以了。说着，郭师傅蹲下身，扶着花干，将花盆转了180度。他笑着说，用不了一两天，所有的叶子就会自动转到另一边去的。

直起腰，郭师傅拍拍手，忽然说，小伙子，你有心思啊。

我点点头，工作忙，和妻子绊了几句嘴，没什么事。我不想和他探讨我的家事，于是岔开话题，你家人都还好吧？

郭师傅叹了口气，老伴几年前就过世了，她跟了我几十年，没过上一天好日子，我对不住她啊。

我没想到，一句话，竟然勾起了郭师傅的伤心往事。可是，此刻我哪有心情安慰别人啊，我正愁着怎么结束话题，郭师傅拎起水壶说，小伙子，你忙吧，没什么过不了的坎。

走到门口，郭师傅突然回头，指着那盆美人蕉说，记着，隔几天，就给它转个身，每一片叶子都需要阳光啊。

我呆呆地看着那盆美人蕉，回味着郭师傅的那句话。阳光从窗户斜照进来，刚刚转过身的美人蕉的叶子，在慢慢向窗户的方向转身。我恍然明白，生活何尝不是一株植物，它的每一片叶子，都渴望阳光啊。

我猛地站了起来。已经几天没回家了，我得回去，看看我的亲人们。

补丁也可以绣成花朵

　　拐角凹进去一段，就是她的舞台。她在这里摆摊织补，已经好几年了。

　　每次路过，都能看见她，坐在凹槽里，埋头织补。身边的车水马龙，似乎离她很远。她很少抬头，只有针线，在她的手上不停地穿梭。

　　这里原本是一个城乡结合部，这几年城市西迁，这块地也跟着火热起来，到处是建筑工地。上她那儿织补的，大多是附近工地上的民工。衣服被铁丝划了个口子，或者被电焊烧破了个洞，他们就拿来，让她织补下。也不贵，两三元钱，就能将破旧的地方织补如初。如果不是工服，而是穿出去见人的衣服，她会更用心些，用线、针脚、纹理，都和原来的衣裳一样，很难看出织补过。

从她所在的拐角，往前百米，是一所学校。我的孩子，以前就在那所学校读书。每次接送孩子，都会经过她的身旁。也就对她多留意了点。

一天，妻子从箱底翻出了一条连衣裙，还是我们刚结婚时买的，是妻子最喜欢的一条裙子。翻出来一看，胸口处被虫蛀了个大洞。妻子黯然神伤。我的眼前，忽然浮现出她的影子，也许她可以织补好。

拿过去。她低头接过衣服，看了看，摇摇头说，洞太大了，不好织补了。我对她说，这条裙子对我妻子意义不一般，请你帮帮忙。她又看了看裙子。忽然问我，你妻子喜欢什么样的花？牡丹。我告诉她。她看着我，要不然我将这个洞绣成一朵牡丹，你看怎么样？我连连点头，太好了。

她从一个竹筐里，拿出一大堆彩色的线，开始绣花。我注意到她的手，粗大、浮肿，一点也不像一只绣花的手。我疑惑地问她，能绣好吗？她点点头，告诉我，以前她在一家丝绸厂上班，就是刺绣工，后来工厂倒闭了，她才开始在街上摆摊织补。我原来绣的花可漂亮了。她笑着说，原来的手也不像现在这么笨拙，在外面冻的，成冻疮了，所以，才这么难看。

正说着话，一个背书包的女孩，走了过来。以为女孩也是要织补的，我往边上挪了挪。她笑了，这是我女儿，就在那边的学校上学。女孩看看我，喊了声叔叔，就放下书包，帮她整理线盒，很多线头乱了，女孩就一根一根地理清，重新绕好。不时有背着书包的孩子，从我们面前走过。有些孩子看来是女孩的同学，她们和女孩亲热地打着招呼。女孩一边帮妈妈理线，一边和同学招呼着。脸上挂着浅浅的笑容。

我好奇地看着女孩。她那稚气的脸上，已经三三两两冒出青春的气息。她似乎一点也不在意，她的同学看到她的妈妈，是个街头织补女。这出乎我的意料。我有个同学，就因为长相土了点，苍老了点，他的儿子从来不让他参加家长会，也不让他去学校接自己，男孩认为，自己的爸爸太寒碜了，出现在同学面前，丢了自己的脸。

我对她说，你的女儿真好。她看看女儿，笑着说，是啊，她很懂事。这几年，孩子跟我们也吃了不少苦。女孩嘴一撇，吃什么苦啊，你和爸爸才苦呢。忙完了手头的活，女孩拿出书本，趴在妈妈的凳子上，做起了作业。我问她，怎么不回家去做作业。女孩说，我们要等爸爸来接我们，然后一起回家。

她穿针引线，牡丹的雏形，已经显露出来。这时候，一个中年男人蹬着三轮车骑了过来，女孩亲热地喊他爸爸。我对她说，天快黑了，要不我明天再来拿，你们先回家吧。她摇摇头，就快好了。

路灯亮起来的时候，她终于将牡丹绣好了。那件陈旧的连衣裙，因为这朵鲜艳的牡丹，而靓丽起来。

中年男人将三轮车上的修理工具重新摆放，腾出一个空位子来，然后，中年男人一把将她抱了起来，放在了那个座位上。我这才注意到，她的下半身，是瘫痪的。女孩将妈妈的马扎、竹筐放好，背着书包，跟在爸爸的三轮后，蹦蹦跳跳地走去。

目送他们一家三口的背影，我拿着那件绣了牡丹的裙子回家。你完全看不出来，牡丹之处，曾经是一个补丁。

一块画布

　　他惊讶地发现，刚上幼儿园的儿子，特别喜欢画画，和自己小时候一样。

　　很小的时候，妈妈就发现了他与众不同的地方，只要手头有笔、有纸，他就会随手涂画。画鱼、画狗、画人、画树叶、画云朵，画什么像什么。妈妈喜出望外，这孩子有绘画天赋啊。于是，立即将他送进了绘画兴趣班。

　　他小时候画得比同龄的孩子都要好，线条、色彩、形态，都画得非常工整，深得老师喜欢。这使他对画画的兴趣愈浓。回到家，继续画。每次他画画的时候，妈妈都怜惜地站在一边，陪伴他。有时候，看到他画得不像，妈妈会着急地指出来。妈妈不会绘画，甚至全身也没有一丁点艺术细胞，但这丝毫也不影响她指导他画画的热情，妈妈的指点，也确实给他不少帮助，他画的东西，无论人和物，都与其真实的形象，越来越相像，也越来越精致。

"这里画得不太像，还可以画得再浓点。""兔子的耳朵都是竖起来的，你怎么把它的耳朵画成耷拉的呢？""太阳画得太大了，比屋顶上的烟囱还大，你看到过这么大的太阳吗？"他在画画的时候，妈妈站在一边，不停地指指点点，帮他纠正一些错误。在妈妈看来，儿子画的画里，有很多常识性的错误，她必须及时地予以纠正。"这个河水的颜色，怎么是酱红色的？河水应该是绿色的才对啊。""你画的这个人，嘴巴张得太大了，你张开嘴试试看，一个人能不能将嘴巴张得那么大？""这座桥的栏杆，你画得一点不直，显然是敷衍的，画画要细心，不能浮躁……"

在专业绘画老师的指导和妈妈的督促下，他的画越来越好，特别是基本功，练得异常扎实。有时候，为了画直一个线条，妈妈甚至找来一条直尺，用铅笔先淡淡地画上一条条直线，然后让他沿着线悬腕练习。苦练之下，收效显著，读小学时，他就能将一棵梅树上的几百朵梅花，画得惟妙惟肖，让看过的人，都惊叹不已。他知道，自己的每一滴进步，都与妈妈的艰辛付出分不开。而在妈妈长期的陪同下，他也养成了一个习惯，绘画时，遇到没有画过的东西，或者一时不知道怎么下笔，他都会先征求妈妈的意见，和妈妈一起商量，看看这样画好不好，得不得法。毕竟妈妈的人生经验，比他丰富多了。一开始完全不懂绘画的妈妈，也对绘画略知一二了，并总能给儿子以帮助。

读中学时，他的画已经多次获得少儿绘画奖，还有好几幅作品被选送参加画展，专家们对他的评价是，绘画基本功特别扎实，以他这个年龄，能有如此精湛的绘画技巧，实不多见。

后来，他如愿以偿地考取了美术学院，离成为一个画家的梦想，越来越近了。刚进美院的时候，他的基本功优势使他在众多的同学中占了上风。可是，还没等他高兴几天，问题就显露出来了，他只会用技巧绘画，而绘画所必须的想象力和创造力，他几乎没有。即使老师布置一个简单的小品题，他也无从下笔。妈妈，这该怎么画呢？妈妈听不见，妈妈也帮不了他。

跌跌爬爬，几年后，他总算勉强从美院毕业了。所幸他的绘画技巧依然非常扎实，他在一家广告公司，谋到了宣传画画师的岗位。这些年，他照葫芦画瓢，画了无数的宣传画，却没有画过一件自己的作品。他没能实现做画家的梦想。

他拿起地上儿子的画，仔细端详。这小子，受他的影响，从小就对涂涂画画感兴趣，多像三十年前的自己啊。

妈妈已经老了，她也惊喜地看见了孙子的涂鸦，她想，那么优秀的儿子最终没能成为画家，这个愿望，也许孙子可以实现。妈妈对他说，你没能成为画家，别泄气，好好培养你的儿子，以你的绘画技巧这个得天独厚的条件，一定可以将儿子培养成一个杰出的画家。妈妈指着孙子的画对他说，你要告诉他，青蛙不是蝌蚪，是没有尾巴的……

他坚定地摇摇头，孩子是一张画布，绘画技巧什么时候都可以学，而想象的翅膀一旦夭折，就再也飞不起来了。他对妈妈说，对一个画匠来说，青蛙不能有尾巴，而对一个画家来说，青蛙是可以有尾巴的。

他赞许地摸摸儿子的头。在他的鼓励下，儿子又歪歪扭扭地画了一个大大的苹果，苹果里面是一个房子。儿子说，这是一只流浪的苹果和他的家。

一年生了多少气？

　　去探望一位老朋友。他正在伏案，手里拿支笔，苦思暝想着什么。问故，答：正在给自己做个年终总结，看看这一年，自己到底生了多少气？

　　我一听，乐了。一年过去了，对自己的工作和生活进行一次盘点，回头看看这一年都有什么收获，取得了哪些进步，这好理解，可是，谁会盘点自己一年生了多少气？

　　朋友拧着眉说，这一盘点，还真发现了不少问题呢。说着，他将面前的白纸展示给我看，上面凌乱地涂鸦着他一次次"生气"的经过——

　　一次，朋友去省城某机关办事，因为路途堵车，赶到时，对方快下班了。因为距离远，去一趟不容易，朋友再三解释，恳请对方帮帮忙，帮他将事情办一下。可是，人家根本不予理眯，声称已经到下班时间，来不及办了，然后径自离去。朋友说，其实，只要两三分钟，就可以将他的事情办妥。当时，看着那位机关办事员骄横的背影，自己真是气得够呛。

还有一次，朋友去一家饭店吃饭，那天，饭店的生意火暴，菜点了半天，还没有上来，朋友就催服务员。服务员满口答应催催，十几分钟过去了，菜还是没上来，朋友将服务员喊来，责问是怎么回事。服务员也是一脸委屈。双方争执起来，朋友吃饭的心情一点都没了，怒气冲冲，饿着肚子，摔门而去。

朋友说，很多气，都是在外面受的。有时候，回到家，遇到不顺心的事，也郁闷、难受、生气。往往是跟孩子生气。朋友有个男孩，在读初中。朋友感叹，青春期的男孩，很多时候，就喜欢跟你拧，让人生气。印象最深的一次，是一个周末，他想带儿子去见一个朋友，儿子找了很多理由，坚持不肯去，父子俩为此闹开了。朋友觉得，将孩子养这么大，让他陪自己去见见朋友，他都一点不肯配合，养孩子有什么用？越想越生气。

数了数，朋友罗列了四五条生气的事。看来看去，都是些鸡毛蒜皮的小事。朋友挠挠头说，可是，当时可都是动了真气的，气得不行，气得够呛，气得肺都要炸了。奇怪的是，怎么才过去了不到一年的时间，这些事情，再回想起来，就不那么让人生气了，甚至觉得自己当时气得莫名其妙，小题大作？

朋友随手将白纸上罗列的生气的事，一条条划掉，然后，将纸揉成一团，扔进废纸篓，拍拍手，说，还有很多当时让人生气的事情，现在想不起来了，这说明，那些事，根本都是不值得生气的事情啊。而事到临头时，我们为什么会跟一些鸡毛蒜皮的小事过不去，生气、愤闷，甚至爆发呢？其实，生气是我们自己跟自己过不去啊。

我点点头。看着朋友扔进纸篓里的那团纸，忽然想，我自己这一年来，遇到过多少不如意的事？烦心的事？苦恼的事？郁闷的事？而为了这些事，我又生过多少气呢？因为生活负担重，工作压力大，我的心情也时常沉重，不悦，生气。不过，恰如朋友所言，年终盘点起来，值得继续生气的事情，还真没有几件，很多当时气愤难当的事情，现在回头去看，很可能一笑就能了之。

我拿过朋友的笔，也像朋友一样，在白纸上罗列了我能记起来的让我生气的事情，然后，将它们一笔笔勾掉，揉成一团，扔掉。恍然觉得，心里就像整理过的空间，变得整洁、宽敞、透亮。

又是一年过去了，把自己的情绪也整理一下，盘点一下，将掩藏在我们体内的不良情绪和信息丢弃掉，为快乐的生活腾出空间，在我看来，这是一件十分有意义的人生小结。

可以被骗钱，不可以被骗走信任？

QQ 上一个头像不停地闪动，点开，是个外地的文友。

几句问候之后，他忽然问我，用网上银行吗？我因为收转稿费的需要，还真开通了一个网上银行。问他为什么问这个？他说，想请我帮个忙。我和他并不是很熟，互相知道名字而已，平时联系也不多。我问他帮什么忙。他犹豫了下，打过来一行字：我在外地游玩，钱包和手机都不慎弄丢了，偏偏卡上也没钱了。没办法和其他人联系，所以，就找了个网吧，上线向网上的朋友求助，刚好看到你在线，想请你帮忙转点钱给我，以解燃眉之急。

我一看，这不是骗子吗？一定是那个文友的 QQ 号被盗了。骗子利用盗来的 QQ 号四处行骗的事，时有发生，但这个骗子的手段似乎也太拙劣了。我故意问他，需要多少钱？他答，一两百，够买张火车票就可以了。只要这点钱？这倒出乎我的意料，看来这个骗子的胃口不大。

我又和他周旋了几下，问了他几个问题，没想到，他竟然都回答对了。难道，真是我的那位远方的文友？或许是我太敏感了。我思忖，如果他真是我那位文友，这点小难，我都不帮他，就显得太不够意思了。而即使他真是骗子，也只不过骗我一两百元而已。考虑再三，我决定相信他。问清他的账号后，我从网上银行，给他汇了200元。一会儿，他告诉我，钱已到账，表达谢意后，他就下线了。

窗外仲秋的阳光照进来，落在我的身上，暖洋洋的。我感到难得的快意。

我继续在网上浏览。

忽然，那个文友的头像又闪动起来。点开，劈头盖脸一句话："各位朋友，我的QQ刚刚被盗，任何以我的名义请您汇款的行为，都是骗局，切勿上当！！！"

开什么玩笑？真的，还是假的？

对方答，你是孙老师吧，我的QQ真的被盗了，刚刚一个网友告诉我的，骗子在利用我的QQ号四处行骗。

我问他，你刚才不是说你在某地旅游吗？

他答，没有，我一直在家睡觉呢。

我又问他，那我刚刚给你汇的200元，你收到了吗？

他发过来一个惊愕的表情：孙老师，你也被骗了？！已经有三个网友告诉我，往"我"的卡上打过钱。你们都被骗了！

我懵了。到底哪个才真的是我那位文友啊？我的一点爱心，真的被欺骗了？我懊恼不已，自我安慰，破财免灾，权当丢了 200 元。

几天之后。

那个 QQ 头像又不停地闪动起来。点开。是句问候：孙老师，我是某某，你在吗？

刚想回答，突然想，会不会又是骗子？于是问他，你到底是谁？

对方答，请你相信我，我真是某某啊。

我没好气地发过去一行字：谁知道你是真的，还是假的？

沉默了片刻。对方打来一行字：你有网银吗？

哈哈，果然是骗子，又来了，真是一个愚蠢的骗子，我会在同一个地方跌倒吗？我打过去一行字：是不是又没钱了，要我给你汇一两百元路费啊？

又是片刻的静默。对方打过来一行字：我真的是某某，对于上次你被骗的事，我深表歉意。请告诉你的账号，我将那200 元退给你。

被骗的钱还会回来？鬼才信呢！即使鬼信了，我也不会信。但我还是将一个没有分文余额的银行卡号给了他，我倒要看他怎么骗下去。

几分钟后，我的手机响了，是银行的提示短信，我的那个银行卡上，刚刚转进了 200 元。

我诧异地张大了嘴巴。这个，真是我的文友？！

我对他说，不好意思，刚刚误解了你，被骗怕了。但是，钱是骗子骗走的，怎么能让你承担？

他回复我，几个被骗的朋友的钱，他都如数汇回去了。他也已经报警。他说，大家是因为信任我，才被那个"我"骗的，我不能失信于大家。我希望大家还是一如既往地信任我。骗子可以骗走我们的钱，但不能够让他骗走我们之间的相互信任。

我郑重地点点头。

信

赖

黄昏，几个男孩子，在小区的草地上玩耍，不时听到他们快乐的叫声。

一个胖胖的男孩，拘谨地站在一边。他们不带他玩，因为他是"傻子"。有时候，他们的球踢到路那头了，他们就喊他："傻子，帮我们去把球拣回来。"他就像得到命令的士兵一样，乐呵呵地跑去拣球。球拣回来后，他们继续玩，他则张着嘴巴，站在一边有滋有味地观看。偶尔帮他们拣下球，或者帮他们递下饮料。他很乐意做这一切。

男孩子们玩倦了。有个男孩提议，玩背摔吧。就是一个男孩往后摔下去，另外几个男孩用手臂搭成梯接住。大家轮流来做，比比谁最勇敢。

提议的男孩先做。男孩站在一个小土坡上，闭上眼，身体笔直地向后倒去。在即将完全倒下的时候，另外几个男孩的手臂，牢牢地将他接住了。

大家齐声喊好。"傻子"羡慕地看着他们，兴奋地哇哇直叫。

又一个男孩站了上去，在往后倒之前，不放心地回头对伙伴说，你们千万接住哦，别丢手啊！众人答应。男孩犹豫着，慢慢倒了下去。

又是一阵掌声。"傻子"崇拜地看着他们，拼命地拍手。

男孩们一个接一个站在土坡上，勇敢地往后摔倒。在即将倒地的瞬间，被伙伴们牢牢地安全地接住。

有个男孩忽然看了一眼站在一边的"傻子"，然后，和其他几个孩子嘀咕了几句什么。男孩们向"傻子"招手，示意他过去，问他，你愿意来做一次吗？

"傻子"不相信地张大了嘴巴，激动得连连点头。

"傻子"学着他们的样子，站在了土坡上。然后，在众人"一二三"的呼喊声中，毫不犹豫地向后倒去。

站在他身后的男孩子们，突然抽回手，一哄而散。"傻子"胖胖的身躯，重重地摔在了草地上。

片刻的沉静。"傻子"哇哇哭了起来。

从附近的居民楼上，飞快地跑下一个中年男人。他是"傻子"的爸爸。刚才，他站在自家的阳台上，目睹了这一切。

男孩子们吓得四处逃散。

都是一个小区的孩子，"傻子"的爸爸认识他们。

晚上，"傻子"的爸爸一家一家去敲门。男孩子们看到"傻子"的爸爸找上门来，都吓得躲进房间，不敢出来。他们想，完了，"傻子"的爸爸一定是来找家长告状的。

"傻子"的爸爸一遍遍地向男孩的家长说明事情的经过，家长们听了之后，一边向"傻子"的爸爸道歉，一边就要将孩子揪出来揍一顿。"傻子"的爸爸阻止了他们。他对他们说，自己只有一个请求，就是请你们的孩子明天晚上再到草地上，和自己的孩子玩一次背摔游戏。家长和孩子们都答应了"傻子"的爸爸。

第二天黄昏，几个男孩子又聚集到小区的草地上。"傻子"和他的爸爸，也过来了。看到男孩子们，"傻子"往爸爸的身后缩了缩。

男孩子们继续玩背摔游戏。最后一个，轮到了"傻子"。

"傻子"躲在爸爸的身后。爸爸蹲下来，和他交流。男孩子们也鼓励他再玩一次，并承诺绝不逃开，绝不松手。

"傻子"迟疑地站在了土坡上。"一二三"，在爸爸和众人的鼓励声中，"傻子"闭上眼睛，慢慢地向后倒去。

众人的手，稳稳地接住了"傻子"。在众人的臂弯中，"傻子"哈哈大笑。

"傻子"的爸爸搂着儿子的头，激动地对男孩子们说，谢谢，谢谢你们还给他信赖。

颈椎病的非医学因素

颈椎不适，朋友介绍了一位老郎中。闹市深巷寻得。望闻问切一番后，老先生忽然一声长叹，今颈椎病多矣，而致病原因知之者少。

愿闻其详。

老先生将目光从窗外收回来，说，人多从医学角度寻找颈椎致病原因，而鲜有关注非医学因素，此恰是很多颈椎毛病的病根所在啊——

今天的人，低头多了，抬头少了。多少人，只顾着脚下的路，却很少抬头仰望高空。一年之中，大部分人抬头看天的时间，不足一个小时，甚至很久压根就没有抬过头了。星空、白云、飞翔的鸟，那些高空中的景象，早已和梦想一样，成为久远的记忆。低头多了，于是，颈椎弯了。

今天的人，看近的多了，望远的少了。信息化时代，咫尺天涯，一切仿佛都近在眼前，人们也更加乐意关注当下的事情，眼前的利益。我们身边，有多少人多久没有眺望过地平线了？地平线的后面，那是我们曾经多么神往的地方啊。现在我们看到的，往往是城际线，太阳早已升到半空了，我们还被挡在高楼的影子里。我们的目光，被掖在了裤腰带里。近处看多了，于是，颈椎变形了。

今天的人，哈腰的时候多了，挺胸的时候少了。权贵面前、势力面前、诱惑面前、美色面前、利益面前，人们习惯了弯下他们的腰杆，而忘却了，他们的胸脯，和他们的灵魂一样，本应该是高高地挺立的。哈腰多了，于是，颈椎曲了。

今天的人，点头的多了，摇头的少了。开会的时候，对领导的讲话，皆点头如小鸡啄米，很少能看到有人摇头，更难得听到反对的声音；讨论的时候，对专家的发言，无不俯首称是，鲜有不同的意见；表决的时候，你点头，我也点头，众皆点头，蔚为壮观。当点头成为一个全民的习惯性动作，于是，颈椎也不可避免地习惯性下垂。

今天的人，东倒西歪的时候多了，挺拔威仪的时候少了。很多人，坐没坐相，站没站相，睡没睡相，走没走相，吃没吃相。懒散、颓废、萎靡、不振、是常态。没有纪律，不被约束，放任自流，于是，颈椎也跟着扭曲，变形。

老先生摇摇头，无奈地感叹，还有很多非医学因素，导致人们的颈椎，越来越硬，越来越僵化，也越来越脆弱。今天的人，静的时候多了，动的时候少了；动心思的多了，动身子的少了；身上的赘肉多了，骨头见不着了；枕头越来越高了，梦想越来越矮了；床越来越软了，心思越来越硬了；脾气越来越大了，骨气越来越少了；忍气吞声的时候多了，扬眉吐气的时候少了……这些，都是导致颈椎畸形的症候啊。

听老郎中所言，如醍醐灌顶。惊问良策。

老先生将目光幽幽地投向窗外，人流、车流，滚滚向前。叹曰：颈椎乃人的顶梁柱，岂可小觑，岂能玩睨？岂敢不正？治颈椎顽疾，必先正情怀，壮元气，扩胸襟，一言以蔽之，无他，六字耳：挺胸，抬头，望远。

挺胸，抬头，望远。这不也应该是人生的境界吗？

你有多重要

汽车进入了山区，山路崎岖不平，颠得人五脏六腑都翻腾出来。车上只有十几个乘客，坐在后几排的乘客，因为颠得吃不消，都挪到了前排。

他却主动移到了最后一排，五个座位连在一起，正好可以躺下来。他太需要休息了。这段日子，工作丢了，谈了好几年的女朋友也吹了，整个人完全处在心灰意懒之中，连续十几天吃不下睡不着，他觉得自己走到了人生的绝境。此行，他想回老家看看父母，年迈的双亲培养出他这个大学生，很不容易。他觉得自己对不起他们，他不想再让他们为自己操心。他决定在了断自己之前，再看一眼可怜的双亲。

汽车颠簸着前进，乘客都昏昏欲睡。他也恍恍忽忽进入梦乡。

突然，在一阵剧烈的撞击后，汽车猛地停了下来。

所有的乘客，都被惊醒了，有人头撞在了前排椅子扶手上，有人被震碎的窗玻璃割伤，有人被抛出了座位，躺在后排的他，也被高高地弹起，又重重地摔了回来。

出车祸了！

车厢里，立即爆发出一片惊叫声、哭喊声。一片混乱之后，大家你看看我，我看看你，虽然都有不同程度的撞伤，但看来都无大碍。大家稍稍松了口气，探头窗外，看看到底发生了什么事情。这一看，让他们惊出一身冷汗：车子悬在路边的半空中，晃晃悠悠，而下面，是一个峡谷！大家这才发现，车子是斜的！车头向下，尾巴翘起。

车内再次爆发绝望的哭喊声，混乱之中，倾斜的汽车剧烈地摇晃，随时都可能坠落。

他看看身边，最后一排只有他一个人。窗户是开的，他轻轻移到窗前，看看外面，还好，还有近半个车身挂在路牙上，只要从窗户跳出去，他就安全了。

他站起来，探身准备往外跳，可是，因为他的移动，车厢猛烈地颤动了一下。他突然意识到，如果自己跳下去，整个汽车可能因为重心失衡而坠落。前面的乘客发出惊呼：你不能跳出去，不然我们可就都完了！

是的，他不能只顾自己跳出去，那将置一车人于死地。可是，如果不马上跳出去，汽车可能随时坠落，那自己也将与大家同归于尽了。他不怕死，他这次回乡，就已经做好了死的打算，只是没想到会是这种死法。

他深深地吸了口气。

他冷静地判断了一下形势。中学时，他的物理成绩就很好，他知道，在现在这种情况下，车头和车尾重量的稍稍改变，都可能使微弱的平衡被打破，而致车毁人亡。其他乘客都在汽车的前半部分，车尾只有他一人，他是这个平衡系统中，最重要的一环。他这一生，从来也没有这么重要过！

现在，唯一可行的自救办法是，他保持不动，维持这个平衡，让前面的乘客，慢慢往后移，再从窗户逃出险境。

他对大家说，我不动，你们一个一个从前面挪过来。千万不能挤，不要慌张，一个一个来！

在他的指挥下，离他最近的一位乘客，一点一点，向车尾爬过来。汽车轻轻地摇晃着，每一次抖动，都揪着大家的心。

第一位乘客，成功地移到他身边，从窗户跳了出去。又一位乘客，爬了过来。十几位乘客都获救了。受伤的司机，也从驾驶室爬了出来。

他最后一个从窗户跳了出来。汽车晃了晃，没有坠落。

惊魂未定的乘客们，都安全获救了。看着摇摇欲坠的客车，大家的脸上，流露出劫后余生的欣慰。等大家定下神来，才想起坐在最后一排的那个小伙子。如果没有他的沉着和勇敢，不敢想象，会是怎样不堪的后果。大家四处找他，向他表达谢意，却没有找到。

　　他已经悄悄走了。他的家就在离此地只有几公里的山凹里，上中学时，为了省路费，他就常常一个人从这条山路步行回家。十年前，也是从这条山路，他走出了大山，他是他们山寨里出的第一个大学生，他曾经令多少人为之自豪啊。

　　落日的余辉洒满山林。他拐进一条小路，这样可以早一点到家。归巢的鸟们，成群结队，从他的头顶掠过。

　　远远地，他看见了掩隐在山凹里的山寨，炊烟袅袅升起，他仿佛看见灶堂里母亲被柴火印得通红的脸。他加快了脚步。他的注意已经改变，他要从这里，重新开始自己的生活。

小事要紧

美国电影《死无葬身之地》中有一句台词："小事要紧，大事不要紧。"看了怦然心动。

小事都是些什么事呢？

对居家过日子来说，灯泡坏了、下水道堵了、遥控器的电池没电了、阳台上晾晒衣服的绳子断了等等，可谓都是小事、琐事。别小看了这些小事，它们足以影响你的生活。灯泡坏了，你不赶紧换一只，就只能在黑暗中摸索；下水道堵了，你不赶紧维修，就只能任污水四溢，臭气熏天；遥控器的电池没电了，你不赶紧换一副新电池，电视机和空调，就可能打不开，转动不了；晾衣绳子断了，你不赶紧重新拉一根绳子，洗的衣服就可能无处晾晒。

一个人的日子过得顺不顺当、舒不舒坦，往往不在于住多大面积的房子、花了多少钱装修、添置了多少家具电器，而在于家里的东西，是不是用着顺手、看着顺眼、想着顺心。我见过住着豪宅，装修高档，各种设备一应俱全的人，却过着邋遢不如意的生活，其中的一个原因，恐怕就是因为灯泡坏了，却没人更换，或者懒得动手，于是，今天坏一只，明天又坏一只，曾经蓬碧生辉的家，渐渐黯淡下来，光华不再。我也见过住在逼仄房屋里的人，将简陋的房子收拾得整洁、温馨、便利，每一个细节都透露出主人的心思，对生活的热爱，日子过得有滋有味。

　　再比如孩子的教育。孩子的前途、孩子的未来，对孩子来说，是关乎一生的大事。但我告诉你，这些大事都不要紧，不必紧张，都可以慢慢来。倒恰恰是一些小事情，不能糊涂、不能马虎，更不能放任。如果你的孩子，放学回家后，你发现他的书包里多了一个他一直想要的可爱的小玩具，我觉得你就有必要问问他，是自己买的，是向同学借的，还是从别的什么途径弄来的？如果玩具来历不明，这个小事，就很要紧，必须正视，孩子的品质，就是从这样一件件的小事中逐步养成的。如果你的孩子，拿回来的一次成绩单，不是很理想，学习成绩突然下滑，固然让人心急，但天没有塌下来，也许只是发挥不好。但如果孩子平时看书做作业时，一会坐下来写字，一会又跑开看电视，一会捣鼓玩具，一会去打电话，总之一刻不得消停，我觉得这个小事，就很要紧，这说明孩子没有养成良好的学习习惯，而良好的习惯、自觉学习的能力，远比一次考试成绩重要，这将影响到他一生。

小到一个人、一个家庭，大到一座城市、一个社会，小事往往都比大事要紧。我所在的城市，每年都会制定一个宏伟的目标，GDP要达到多少、税收要突破多少、重大项目要开工建设多少等等，这些无疑都是大事，但这些大事，与某个小区污水横溢，与农贸市场卖的蔬菜农药残留量严重超标，与化工厂向贯穿城区的河流偷排偷放，诸如此类的小事相比，哪一个更要紧？在我看来，这些民生小事，一定比建设大事，更紧迫、更急切、更要紧。道理很简单，如果百姓的健康和日常生活都无法保障的话，再高的GDP又有什么用呢？

大事不要紧，不是说大事不重要，而是说很多大事，可能远没有小事来得急迫。迫在眉睫的每一件小事都做好了，才有精力、有能力、有时间、有心情，去从容不迫地做大事，完成大目标。可惜很多人眼中只有大事，只有蓝图，只有明天，而对于芝麻粒大的小事，不屑一顾，懒得动手。千里之堤，毁于一穴，我告诉你，那个小穴，就是要紧的事，也是比天还大的事。

多一句话

从医学院一毕业，他就进了父亲的诊所，成了和父亲一样的乡村医生。

父亲的诊所，方圆十里八乡很有名，每天就诊的人，络绎不绝。医药费便宜，是它最大的特色。在市医院看一次腹泻，得百十元，到他父亲的诊所看，十几元就药到病除。从他进诊所的第一天开始，父亲就谆谆告诫他，诊所是为乡邻们开的，不以盈利为目的，在任何情况下，都不能开大处方。他将父亲的话牢记在心。

他进诊所，被看作是来接父亲的班的。父亲年龄渐大，一天看几十个病号，已经吃不消了。而他本可以像他的同学一样，选择进大医院的。父亲是当年被打成右派，从城里的大医院下放到这里的，在他们家最困难的时候，得到了淳朴的乡亲们的照顾和庇护，所以，后来父亲被平反后，坚决地放弃了回城的机会，在乡里扎了根。他对那段艰苦的生活，也有印记。正是出于同样的感恩之心，他也选择了回乡。他成了父亲得力的帮手。

诊所只看一些普通的病症，诸如感冒、腹泻、炎症之类。如果病情复杂，他们会立即建议病人上大医院诊治，以免延误。对他来说，这可谓小菜一碟。读大学时，他就成绩优异，兼之每年寒暑假都能在父亲的诊所里实习，可以说，他的医术已经一点也不比父亲差。而他看过的病人，也确实都很快痊愈了。然而，奇怪的是，来看病的人，大多仍然会选择让父亲看。有时候，看到对面父亲的诊室前排着的长队，而自己门前病人稀稀落落，他会涌起一股莫名的失落感。

老父亲似乎也注意到了这个现象，他查看了儿子的门诊记录，没开过大处方，药方也都是正确的；儿子看病时的态度，问诊周到，热情友善，也没毛病啊。不过，在连续留意几天后，老父亲还是发现了问题，老人决定让儿子陪自己门诊几天。

他坐在父亲身边，观摩父亲诊治。对待每一个病人，父亲详细问诊，把脉，察看舌苔，摸腹，然后，给病人开处方。他特别留意了父亲所用的药，与他的判断，几乎一致，根据病人的病情，他也会开出这个药方。一切似乎与自己的诊治，都没有什么差别啊。

老父亲也不着急，只顾自己和平时一样，一个接一个看病。一个姑娘，陪着一位老人来看病，肠胃不舒服。老父亲仔细问诊检查后，确诊是消化不良。开好药，老父亲对老人说，老哥，我刚刚检查了你的咽喉，你还有慢性咽炎啊。老人连连点头，是啊是啊，难怪经常感到喉咙不舒服，你也给开点药吧。老父亲摇摇头，慢性咽炎重在保养，你一定抽烟吧？听我一句话，把烟戒了。烟不戒，吃什么药，你的咽炎也好不了，会反复发作的。默默地站在一边的姑娘忽然激动地插嘴说，爷爷，你听见了吧，医生都让你戒烟，你就是不信。老人看看姑娘，又看看医生，憨憨地说，是得戒了，戒了。姑娘搀扶着老人站起来，笑着对老父亲说，医生，谢谢你，你的话他听。

　　看着这一幕，他猛地一震。自己每次看病，都是开完了处方，就急着看一个病人，根本没时间再和病人交流，而老父亲似乎总会比自己多说那么一两句话。这一发现让他惊喜不已，他继续坐在父亲身边，观摩父亲看病。下一个病人牙痛，老父亲检查后，确定是牙周炎。老父亲开好药，问病人，是不是喜欢吃咸货？病人直点头，最喜欢吃腊肉和咸菜了，每年冬天，家里都会腌很多咸货，一直要吃到夏天呢。语气里透着满足和自豪。老父亲摇着头说，咸货开胃，但吃多了，有害健康，还是少吃点吧。病人捂着腮帮子，点点头，电视上也这么说呢，听你的，今年就少腌点咸货。

　　几天的陪诊结束了，儿子回到了自己的诊室。一位年轻妈妈领着孩子走了进来。孩子肚子疼。化验单显示，孩子肚子内有蛔虫。他很快就开好了药方，递给孩子妈妈。然后，他拉过小孩的手，看了看他的指甲，笑着对小孩说，你看看，你的小手指甲太长了，里面藏着好多小虫呢，一不留神就跑进了你的肚子里，记得要多洗手，常让妈妈剪指甲哦。男孩腼腆地低下了头，妈妈弯腰对孩子说，听到了吧，医生叔叔的话，是不是跟妈妈讲的一样？男孩看看他，又看看妈妈，点了点头。

　　微笑地目送年轻妈妈拉着孩子的手离开，他的心里暖暖的。又一个病人走了进来。